LIBERTY

L'*indé*FINIE

Simon LIBERATI

LIBERTY

SÉGUIER

Illustration de couverture : Adolf Hohenstein, 1899, collection privée/AKG images
Conception graphique : Justine Dupré
Mise en pages : Nord Compo.

ISBN : 978-2-84049-851-3

ISSN : 2606-5029

92, avenue de France – 75013 Paris
contact@editions-seguier.fr

Catalogue en ligne : www.editions-seguier.fr

S É G U I E R

éditeur de curiosités

On peut être fou d'amour, en vain,
on l'est moins à 200 à l'heure.

Françoise S.

Qui m'appelle ? Me voici.
Quelle est votre volonté ?

William S.

AVANT-PROPOS

Souvent, lorsque le concierge d'un hôtel, la secrétaire d'un garage ou d'un médecin note mon nom au téléphone, je me retrouve affublé de ce patronyme Art nouveau : « Liberty ». Par extraordinaire, un corbeau, un peu maître chanteur (il n'y a pas encore de féminin à ces noms d'oiseau) m'en affubla aussi. Je présume qu'il existe un Liberty quelque part dans une autre dimension capable d'accomplir les horreurs qu'on lui prête. Je n'arrive à relire aucun de mes livres mais j'ai une sorte de plaisir à repasser sur mes journaux intimes ou les fragments qui y ressemblent. Le moi y est plus simple, plus éloigné de moi. Voilà pourquoi je fais paraître aujourd'hui ces loques. Trois mois de galère, les cent jours d'un plumitif aux abois. Liberty, à mon tour d'écrire ton nom. Je ne sais pas trop qui tu es. Plus je vieillis moins j'ai les idées claires en ce qui te concerne, moins claires en tout cas que le ou les auteur(e)s des lettres que j'ai pris plaisir à reproduire intégralement ici. Ils ou elles me pardonneront l'absence de copyright mais comme ils ou elles sont lecteurs je suis sûr qu'eux ou elles aussi redécouvriront avec joie la verdeur et les nuances venimeuses de leur prose. À quarante ans, quand je suis entré dans la carrière, j'ai vu dans la littérature un moyen de me couper du monde. Mais le monde ne s'est pas coupé de moi, au contraire. À cause de la publicité faite à certains de mes livres, j'ai cru rencontrer l'amour, plusieurs fois, et d'autres romans sont sortis de ces aventures. Le dernier du genre m'a valu un procès, du succès et bien des ennuis. Le journal qui fait l'objet de ce nouvel ouvrage commence quelques semaines avant la rencontre de cette belle, terrible et dernière héroïne que j'ai souhaité appeler ici Alléluia, car elle fit ma joie, même si elle n'en avait ni l'air ni peut-être l'intention. Le bonheur n'ayant que trop d'histoires, le journal s'arrêta dans les bras d'Alléluia pendant huit ans. Je l'ai repris cette année après notre rupture. En me relisant, dans l'idée de relier ces nouvelles pages aux autres, avant d'y renoncer parce que celles-là étaient trop fraîches, j'ai été frappé de découvrir à quel point près de trois mille jours sans journal m'avaient laissé inchangé, toujours en cavalerie, le diable à mes trousses. Les notes qui suivent sont donc vieilles de huit ans et toutes du premier jet. Aucun montage, aucune littérature sinon celle qui m'occupe l'esprit en permanence. Pour avoir une vie amusante, je veux dire amusante à raconter, il faut renoncer à l'espoir d'une vie heureuse. Savoir toujours y renoncer à temps fut la plus grande chance de ma vie.

Montreux, le lundi 26 juillet 2021

Jeudi 14 février. – Le train de Paris s'arrête, rails brisés. On m'explique qu'il va pouvoir rouler, mais très lentement. Il fait nuit noire. Je cesse de regarder les reflets dans la vitre et je reprends un livre de Jean Chalon. Deux portraits parallèles : celui de Florence Gould et celui de Louise de Vilmorin. Chalon est une vieille lecture, à vingt ans j'ai acheté sa vie de Natalie Barney. J'en ai relu des morceaux depuis, un genre sucré-exact. Je m'aperçois que j'ai dit une bêtise. Je l'ai accusé d'être l'auteur d'une vie de Pauline Carton, illustrée d'un cahier de photographies contenant de monstrueux nus. Ce n'est pas lui (évidemment) mais plutôt un journaliste, ami de Martine Carol, dont le nom m'échappe. Leur goût commun pour les femmes âgées m'a fait les confondre. Ce que Chalon dit de Florence Gould est drôle, Louise de Vilmorin m'ennuie. Trop gracieuse, trop voulue, répétitive. On dirait du papier peint. En revanche, la destruction d'elle par Malraux est bien décrite.

Je ne connaissais pas les poèmes de Louise de Vilmorin :

Aidez-moi doux Seigneur et j'oublierai la plage,
Et le ciel et la mer à mes pieds,
Et les villes la nuit et mon joli village,
Et les regards d'amour et mon amour dernier.

Entre Parny et Jean-Max Rivière.

Sur Florence Gould, ce sont les moments creux le meilleur, l'ennui, le vide ; par exemple une fin de déjeuner d'hiver dans sa villa de Juan-les-Pins :

> Déjeuner au Patio en tête à tête avec Florence vêtue d'un pantalon en satin noir, d'une espèce de veste chinoise, et de ses émeraudes. « Ce sont les émeraudes que Pierre Benoît a prêtées à l'héroïne de *Bethsabée* », précise-t-elle comme pour justifier leur démesure (...). Elle sort de son sac un poudrier, un carré en or constellé de petites étoiles en diamant. En un geste très « beauté des années trente », Florence se poudre le nez et se rougit les joues. Elle referme le poudrier, l'air satisfait. Le claquement du poudrier marque la fin du repas, au Patio, comme au Meurice.

Par association d'idées (le pantalon de satin noir) je pense à noter au crayon sur mon ticket de train : « la dame aux jambes d'or ». En ce moment, pour m'endormir je lis *L'histoire des croisades* par Michaud dans une édition de 1841, en six tomes, couleur suie. C'est un livre très fréquenté. On y fait des rencontres, dont cette « dame aux jambes d'or », une fille à soldats en bottes dorées qui combattait au côté des chrétiens.

J'arrive à la dernière minute rue François-Ier. Surprise, une journaliste me parle d'Alain Soral. Contrairement aux attentes d'Europe 1 je ne me laisse pas décontenancer. La tension nerveuse provoquée par la panne de train, suivie d'une erreur du taxi, m'a débarrassé de mon anxiété. Je raconte un dîner chez Lipp ou au Balzar vers 1994 où Alain s'était vanté d'avoir chassé le lion à l'arc en Afrique. Son côté Tartarin de Tarascon fait rire la cabine. Le mieux, c'est que ça n'est pas méchant. Je me souviens de nos premières rencontres, d'abord au Diable des Lombards à la fin du printemps 1979, puis aux Bains Douches, un peu plus tard, sans doute en septembre. On l'appelait ABS, il avait les cheveux frisés, le même blouson de cuir qu'Edwige, toujours un cutter dans la poche. Il était beau, drôle et inquiétant.

Une heure après, je suis avec Soizic en terrasse de l'Avenue. Trois bouteilles de vin blanc. Arrive Flower, puis les Gramont qui ont dîné au Jockey. Bizarrement, Florence de Gramont est en baskets. Flower trône à la table voisine. Sa seule autorité a fait déguerpir deux petites Russes qui lui ont laissé la place. Une fois de plus, elle me fait penser à Kali, la cruelle déesse indienne.

Plus tard dans la soirée, chez Alexandre Zouari, avenue Franklin-Roosevelt. Appartement rouge, très décoré. Autour d'une table dans la pénombre, sous un lustre aussi colossal que lumineusement discret, le bal des vampires : Ellen d'Estainville et Jean-Baptiste Huynh, tous deux plus méphitiques et charmeurs que jamais, puis une blonde très coiffée, peut-être soixante-dix ans, peut-être plus, que Zouari nous présente comme « la duchesse ». En regardant la duchesse dans les yeux, Flower me glisse : « *Why all these women of aristocracy look like old prostitutes ?* » Vers cinq heures je me réveille dans une sorte de boudoir-couloir, près des toilettes. Zouari est penché sur moi. Je lui demande où sont passés nos amis, il me répond mystérieusement : « La duchesse dort par terre. »

Je reste avec Zouari dans le salon à boire de la vodka jusqu'à neuf heures du matin. Vers huit heures, alors que le soleil se levait sur Saint-Philippe-du-Roule. Zouari s'est dressé sur ses jambes, toujours théâtral, et il m'a demandé : « Sincèrement, Simon, que penses-tu de mon appartement ? »

En sortant, je vais me coucher avec Caroline à Strasbourg-Saint-Denis. Elle part vers une heure. On doit se retrouver ce soir pour dîner chez Alain Weill avec Le-Tan et Schuhl. Je sommeille une partie de l'après-midi en lisant un vieux numéro de la revue *Europe* consacré à Théophile Gautier. Un passage de la préface des Jeunes-France :

> J'ai bien souvent porté envie au crapaud qui reste des années entières sous le même pavé, les pattes collées à son ventre, ses grands yeux d'or immobiles, enfoncé dans je ne sais quelles rêveries de crapaud qui doivent bien avoir leur charme.

Vers sept heures on sonne, je descends l'échelle de la loggia en chantant « Mon truc en plumes ». Caroline fait une entrée vénitienne, de ce pas assuré et sonore qui la caractérise. Elle m'annonce que Guy, son mari, a reçu une lettre anonyme. J'en donne ici la copie :

> Cher Guy,
> Voici un courrier bien déplaisant à écrire et certainement beaucoup plus à lire. Je ne peux plus vous le cacher cher Guy, vous me pardonnerez de le faire anonymement. Je vous écris pour vous dire que votre femme vous trompe depuis très longtemps. Je n'aurais pas la force de vous en parler de vive voix mais je suis gêné pour vous et beaucoup de gens le savent depuis un moment. Il y a des

limites à l'indécence et votre femme s'affiche avec lui, prend peu de précautions, vous ridiculise en somme. Votre femme vous trompe depuis des années avec un romancier de goût douteux, décadent, drogué, dealer, homme à femmes et amateur de rencontres dans des hôtels, Simon Liberty.

Malheureusement pour vous, vous n'aurez pas beaucoup de mal à reconnaître votre femme dans un des personnages féminins. Ce romancier vous traînait déjà dans la boue et le personnage de votre femme aussi dans un de ses romans. Dans son dernier ouvrage, un texte très explicite lui est dédié.

J'espère que cela ne vous fera pas trop de mal, et il se peut même que vous le sachiez déjà. Cela me semble étrange au fond que tout le monde soit au courant depuis des années, et que vous ne sachiez rien. Je ne sais pas s'il s'agit d'un arrangement entre vous.

Amicalement

Voilà la troisième lettre de ce genre envoyée à mon entourage en un an. Toujours avec la même faute volontaire ou involontaire sur mon nom. La première visait déjà Caroline. Elle avait pour objet de lui dénoncer ma liaison (même chambre, même hôtel, même jour) avec Golconde. Elle était écrite d'un ton moins perfide, plus journalistique. La seconde, manuscrite, visait le père du fils de Flower, elle était destinée à le mettre en alerte sur le fait que le petit garçon de trois ans venait passer le dimanche chez moi à la campagne, alors qu'il y avait « de la drogue partout ».

Autour de moi, tout le monde soupçonne Golconde au prétexte que j'ai rompu durement avec elle. Je ne sais pas. Je soupçonnerais plutôt un vieil ami pédéraste. Je trouve mon portrait réussi, j'y renifle de la tendresse, comme quoi la tendresse se glisse partout.

Quand Caroline souffre, elle ne le montre pas. L'éducation n'est jamais si présente que dans ces moments. Elle lui est secourable. Quand elle a tout à perdre elle ne tient plus à rien, sauf à l'amour et au savoir-vivre.

Plus tard au dîner, légère, impavide, elle joue les échansons pour Jean-Jacques, lui coupant sa viande, lui servant à boire. Elle lui parle de son père, le comte G. Engagé dans la légion parce qu'il volait des voitures et qu'il était apatride. Par jeu, Jean-Jacques cogne son verre sur la table pour qu'elle le serve. Caroline lui dit alors : « Vous êtes un peu rustre quand même. »

Vendredi 15 février. – Flower est passée à deux heures du matin essayer de défoncer ma porte juste avant que je rentre. Ma messagerie contient beaucoup d'injures. Heureusement elle part à Monaco demain matin à l'aube. Caroline déboule à trois heures. Elle s'est fait battre par son mari : œil au beurre noir, une dent ébréchée. Ce grand bourgeois, beau-frère de ministre, a dû se souvenir que son frère fut le comptable des Guérini. Je la serre dans mes bras toute la nuit et je lui fais de beaux serments qui seront bafoués demain.

Dimanche 17 février. – Flower continue de me menacer par téléphone (vingt-six appels en une demi-heure) et par SMS. « *An old alcoholic man with an old p… I am sure she gave you the money from her husband that's why he wants to kill her. You took her money to buy drugs and fuck her… Nice story* », le 16/02/2013 à 14:54. « *Cheap alcoholic man* », le 16/02/2013 à 14:56 « *I can't believe myself the truth… It was really a bad lie, a man like you… I discovered… I would tell the same thing that Teresa Cremisi told to your mother at Pierre's party. She was right.* », le 16/02/2013 à 16:51. « *I will call everyone and I will tell the truth to everyone. You picked the money from the blonde from her husband and now he will kill you.* », le 16/02/2013 à 17:37. « *Fuck you* », le 16/02/2013 à 17:37. « *I will send a letter to every newspaper and all your editors… You will have a lot of fun Simon* », le 16/02/2013 à 17:40. « *So many people hate you* », le 16/02/2013 à 17:41.

Mardi 19 février. – Je dîne chez Davé (vide) avec Camille V., que je n'ai pas revue depuis avril et un petit-déjeuner catastrophe à Los Angeles. Elle est toujours aussi jolie. Quand je lui raconte que Zouari se présente comme « l'inventeur du brushing », elle me répond qu'elle a connu de son côté l'inventeur du tiroir, son patron à Bangkok durant un stage de joaillerie. Un gros Français affreux, qui détestait la cuisine thaïlandaise et ne voulait manger que du pot-au-feu entre expatriés. Il lui avait dit en parlant du tiroir placé sous l'établi de joaillier (une curieuse table basse améliorée de supports pour les coudes) : « Tu vois, la boîte coulissante, c'est moi qui l'a inventée. »

À une autre table, Ingrid Caven avec Josée Dayan et sa copine. Ça parle fort (surtout Ingrid). À la fin du dîner on opère la jonction. Dayan et consœur (une vieille tribade aux longs cheveux gris, plutôt sympathique) rentrent de leur côté. Camille et moi nous chargeons d'Ingrid. En compagnie de deux bouteilles de vin entamées que j'ai fourrées dans mes poches. Je convaincs Ingrid d'aller les finir chez Pierre. Dans l'escalier du Palais-Bourbon, je braille : « Ce n'est qu'un au revoir, mes frères » sous les ricanements d'Ingrid.

Samedi 23 février. – Campagne. Lu ce matin au réveil les premières pages de *Charles Maurras et Son Temps*, un petit volume de Léon Daudet édité chez Flammarion avant-guerre. À vrai dire, j'avais déjà ouvert ce livre il y a quelques semaines. Je ne repasse pas par le début, un long voyage en train des familles Bainville et Daudet se rendant chez Maurras dans sa propriété de Martigues. Portrait curieux de Maurras homme d'intérieur. En émane une joie de vivre chantante, ordonnée et un peu courte. Celle de la bourgeoisie méridionale, foyer d'Action française. Je relis les deux extraits de poèmes de Maurras cités par Daudet. Curieuse poésie, difficile, savante, plus morte (raide) que du Valéry. Je retrouve le même éclat à deux vers que j'avais oubliés entre-temps :

> Quelle intime sirène à la mer a jeté
> La fleur de ma jeunesse et la simplicité ?

La sirène, c'est la musique intérieure, l'oreille poétique du sourd. Juste, même s'il la croyait trop absolue. La métaphore odysséenne rend finement l'opposition entre la contrainte néo-classique et l'élan, le romantisme de Maurras.

Plus tard, Léautaud. Depuis quelques jours, malade, aigri. Puis, comme toujours, un regain de joie. Il est chez lui, il a vidé ses meubles à cause d'un conflit qui l'oppose à sa propriétaire. Très heureux passage, involontairement monastique, sur l'allégresse d'être pauvre et seul.

> Je suis enchanté depuis que j'ai fait partir mes meubles et mes livres. J'ai gardé dans ma chambre mon sommier seulement, une caisse qui me sert de table de nuit, et dans mon bureau, juste quelques livres, les huit ou dix que je lis de temps en temps, et ce qu'il me faut pour écrire : ma chaise et mon petit bureau Maple que je déménagerai aussitôt en cas d'alerte. Mes pièces vides m'enchantent. Quelle inutilité, le mobilier et les livres en quantité ! Le soir, à lire, à écrire ou à rêvasser à la lumière de mes bougies dans mes flambeaux Louis XVI (et d'époque) je suis enchanté.

Même la reprise en triplette de l'enchantement donne du flambeau à ce passage secret, introuvable dans un texte immense, réservé au lecteur attentif, à l'amitié quotidienne.

Je relisais plus haut le dîner chez Alain Weill, Caroline et Schuhl. Je pleurais devant la qualité d'un être que je vais perdre. Pourquoi ? Non pour Flower, comme Caroline le croit, mais pour la solitude plus grande que Flower m'accorde. Son absence à l'hôpital lors de ma tentative d'empoisonnement de juin dernier est l'emblème de ce grand égoïsme, une forme de laisser-écrire.

La Chahbanou croyait me détourner d'elle en me disant : « Pendant que tu crevais, cette salope était sur Facebook », il n'a fait que lui tresser une couronne. Flower est un avant-goût de la mort et à mon âge il faut s'y préparer. Le meilleur d'elle, le joyau, reste ce coup de téléphone donné dans l'ambulance : « *Your suicide story, was it serious or was it just for fun ?* »

Téléphone de Descott. Pour le faire rire, je lui raconte l'histoire du bain de Flower qui remonte à jeudi soir. Il fait nuit, nous venons de finir notre dîner, Flower souhaite prendre un bain. C'est la première fois que je l'ai chez moi le soir depuis plusieurs mois. Je flotte dans une sorte de bonheur conjugal délicatement fictif, je n'éprouve pas le besoin de boire. Quand je monte, Flower est dans la baignoire selon la perspective d'un tableau de Bonnard. J'ai compris, un peu étonné, qu'elle voulait que je la rejoigne. J'enlève ma chemise. Elle me demande : « *What are you doing ?* » sur son ton le moins aimable. C'est un de ses tours favoris de passer brutalement de la gentillesse à l'hostilité. Je m'explique, elle me répond que c'est hors de question, qu'elle a horreur de ça, que je suis trop gros et elle, trop grande. Elle me désigne le fauteuil bleu, hérité des Montesquiou et que j'ai placé en regard de la baignoire. J'ai piqué cette idée à une amie anglaise si snob qu'elle avait placé dans la sienne, rue de l'Université, un siège venant du château de Duino. Elle pensait naïvement que Rilke y avait médité ses élégies. J'ai l'habitude de m'y asseoir lorsque mes amies sont là. Dehors il fait nuit, l'abbaye est éclairée faiblement, gigantesque fantôme rougeoyant. On se dirait à Angkor Vat, mais ici la neige tombe. Je regarde le masque de Flower, un bouddha qui aurait le nez en bec d'une divinité aztèque. Elle me parle de Golconde qu'elle surnomme « *the midget* ». Soupçonnant que j'ai pris des bains avec elle dans cette même immense baignoire. J'acquiesce. Elle me demande des détails. J'en donne. Elle grogne. J'en rajoute en lui expliquant que Golconde était une vraie courtisane, qu'elle avait l'art de donner l'impression à l'homme qu'il était trop bien monté pour elle, qu'il pouvait la blesser en la prenant. Flower est intéressée, mais elle m'explique qu'elle ne pourrait pas l'imiter, que ce serait ridicule de jouer les filles serrées avec la taille qu'elle a. « *Look my feet it's impossible.* » Je prends dans mes mains un de ses pieds de Nègre plus grands que les mains d'Isadora Duncan dont d'Annunzio disait : « Tu as des mains sublimes, tu as les mains d'un Michel-Ange. »

Dimanche 24 février. – Léautaud sous la neige. Je trouve enfin ce matin dans le journal daté du 9 juin 1927 (trois jours avant la naissance de mon père) la source du mot d'Henri de Régnier que j'ai noté dans mon cahier noir, sorte de journal ou de recueil de notes, en 1981 ou 1982. « Vivre avilit. » Je l'ai repris dans un article consacré au *Mercure de France*. Cette sentence est tirée d'un volume de maximes et d'anecdotes paru chez Kra en 1927. Elle a été reprise par Edmond Jaloux dans son feuilleton des *Nouvelles littéraires*. Où l'avais-je trouvée ? Peut-être dans un livre de Jaloux, pioché dans la bibliothèque de Pierre Lartigue, au 88 de la rue Jeanne-d'Arc où j'ai vécu avec Marceline après notre période noctambule. Par hasard, en feuilletant le livre de photomatons de Pierre et Gilles, je tombe sur un autre fantôme de cette époque : la photo de la petite Gabrielle, p. 193. Gabrielle, amie de Marceline que je n'ai jamais rencontrée, a été notre Ariane. Le fil qui nous a tous les deux conduits faubourg Montmartre était relié à son pied. C'est la fille du poète juif argentin Saúl Yurkievich, et donc la sœur aînée du styliste Gaspard Yurkievich. C'est ainsi qu'on s'est branchés sur la source. Gabrielle Yurkievich, †Sophie Koranowski, †Laure Chérasse (Pierre et Gilles, p. 268), soyez remerciées…

Autre association d'idées. Je me réveille ce matin entre les chevaliers de Jérusalem et l'abbé Brémond. Que fait l'abbé Brémond dans mon lit ? C'est la faute de Léon Daudet. Dans son livre sur Maurras déjà cité, Daudet charge Brémond et Claudel, pour avoir critiqué la poésie de Maurras :

> Elle a été attaquée par un théoricien lunaire, l'abbé d'Académie Brémond, apôtre d'une mystique sans théologie et d'une poésie dépourvue de sens, et par ce personnage éloquent et extravagant, diplomatique et forcené, sorte d'Isaïe charentonnesque, chez lequel Charenton l'emporte progressivement sur Isaïe, qui répond au nom de Paul Claudel.

L'abbé Brémond vivait depuis quelques années une longue pénitence dans les cabinets du premier étage. Son livre *Prière et Poésie* (Grasset, « Les Cahiers verts », 1926) souffrait grand ouvert sur le parquet, non loin des piles de vieux numéros de la revue *Le Spectacle du monde* sous un coquillage en bronze offert par Emmanuelle Arsan à mes parents et une photo de

Flower, autoportrait d'un matin de perdition, que j'ai titrée au porte-mine *MDMA drug addict*. Il y était d'ailleurs bizarrement accompagné d'un recueil d'essais de Paul Claudel *Contacts et Circonstances* (« nrf », 1940). Cette compagnie de cachot devait, sans que je le sache, réjouir l'ombre de Léon Daudet.

J'ai du mal avec l'abbé Brémond dont je possède par ailleurs un ou deux volumes *d'Histoire littéraire du sentiment religieux en France*, soit à cause de son style, soit parce que j'ai du mal avec la mystique, soit les deux. Puisque je l'ai retrouvé, je rouvre le Claudel p. 120. Charge héroïque contre Wagner :

> Penser, penser, oui, penser que j'ai pu admirer cela, et il n'y a pas si longtemps ! Et il s'agit de l'*Or du Rhin*, somme toute la plus franche, la plus fraîche, la plus inspirée des quatre fameuses pièces ! Que serait-ce s'il fallait s'appuyer le troisième acte de *Siegfried*, ou cet épouvantable *Crépuscule*, que tout de même on n'ose plus servir aux amateurs ?
> Eh bien, oui ! J'ai admiré Wagner autrefois, d'une manière que les nouvelles générations ont beaucoup de peine à comprendre. Ce poison m'a empoisonné et il m'a laissé dans l'organisme des toxines qui ont été longues à s'évaporer. C'était l'époque où, dépouillé de toute croyance religieuse par les soins d'Ernest Renan, de l'Université et d'une pauvre famille ignorante, sans parler de ma propre stupidité, je cherchais douloureusement ma voie, au mépris de ces idéologies incomestibles que m'offraient les savants et les professeurs, au milieu de ces noires fumées, de ces rêves et de ces fables, dont parlait déjà l'apôtre saint Pierre, qui formaient sur un fond de sorcellerie, de sensualité, de nostalgie, le domaine de l'humanité primitive. L'opium du peuple ! Quoi de plus éloigné de cette définition que la limpidité radieuse d'une messe matinale ou

> d'un office grégorien ? Mais quoi de plus applicable à ces lourdes vapeurs, qui, s'élevant de la fosse orchestrale, nous enveloppent et nous assourdissent pour nous livrer, paralysés, à la contemplation du malheur, de la fatalité et du chaos, où s'ébattent les démons de la jouissance et de l'ennui charnel !

Comme toujours et chez tous les auteurs (Bloy, Tailhade, Huysmans), le pamphlet tire des effets comiques du mélange de scatologie (les *vapeurs* montées de *la fosse*), de langage familier (*s'appuyer le troisième acte*) et d'une rhétorique à la Bossuet. Céline ne fait qu'amplifier en remplaçant la rhétorique par le bégaiement, la répétition, le gâtisme. Recopié cet extrait d'un article daté de 1938 en écoutant le troisième acte de *Siegfried* version Furtwängler-Flagstad, du 22 mars 1950 à la Scala de Milan. Wagner a survécu à Claudel et à Hitler mais Claudel n'était pas fou.

L'évocation des sorcelleries du paganisme me fait penser à chercher dans mon fatras un beau livre rouge : *La Magie dans la poésie latine*, qui a traîné un an à Biarritz chez la Chahbanou. Me revient un début d'après-midi terrible, il y a deux ans. Dans un état d'ivresse épouvantable, mélange de cocaïne, de whisky et d'anxiolytiques, après deux nuits blanches, je suis descendu le long de l'église russe, des tamaris de l'ancienne avenue Édouard-VII et du spa de l'hôtel du Palais pour aller dessaouler ou mourir, je ne sais plus bien, au milieu des familles, devant la Roche Ronde sur la plage de Miramar. Pas meilleur endroit que l'océan sous le soleil d'août, seul comme un cavalier nocturne, pour supporter cet état. Personne ne reniflait mon haleine, aucune femme pour m'aimer ou m'importuner, et je baignais dans le vent, le soleil et l'ironie des cris d'enfants.

Lundi 25 février. – Léautaud sous la neige. L'épisode de la réception académique de Valéry. La lente traversée de l'académicien à travers la foule : dix minutes pour aller de la grande porte de gauche à la petite porte étroite qui se trouve sous le guichet de l'aile droite.

> Plaisir de se montrer, de se faire regarder, évidemment. Cela m'a beaucoup amusé. J'ai marché ainsi, sur la chaussée, à sa hauteur, à un mètre de lui et je me suis trouvé, arrivé au guichet, à deux pas de lui, sans qu'il me voie. À aucun prix je ne me serais avancé pour me faire voir et lui parler. Je ne me jette pas à la tête des gens, encore moins quand ils ont *monté*. Deux ou trois fois, il s'est arrêté, pour répondre à des gens qui venaient le complimenter. Il a vraiment eu un grand succès de curiosité de la part des gens qui regardaient, même un succès de sympathie. Je l'ai constaté en regardant les visages de ces gens qui le suivaient dans sa marche. Je n'ai vu cela que pour Coppée. Les deux extrêmes ! Je crois que la cause est le succès soudain, sans ratages.

La chute est bonne. La répétition du mot « gens » (quatre fois en quatre lignes) me gêne quand même. Trop brut. Plus loin, il revient sur leur jeunesse et sur la poésie de Valéry :

> Je me rappelle, au temps de nos relations presque quotidiennes, un poème qu'il avait publié, dans lequel il y avait un vers avec

> ces mots, à propos de dieux ornant la proue d'un navire : (...) *leurs bras indulgents et sculptés*. Je lui fis remarquer la bizarrerie de ces deux adjectifs assemblés, l'un du domaine moral, l'autre du domaine matériel, à peu près comme les humoristes qui écrivent : *il avait l'air triste et un chapeau de paille*. Il reconnut la justesse de ma remarque, me répondit en riant que cela n'avait pas d'importance, que cela « faisait bien ».

Le séducteur et le moraliste. Parfois (souvent) les deux vivent dans la même tête, cela donne une certaine forme de lucidité peu fiable (Aragon, Barrès). Par ailleurs, il faut noter, à la décharge du séducteur, qu'à l'écrit, *indulgents et sculptés*, à cause de la reprise en symétrie des « l », des « t » et des « s » dessine une belle figure de proue. *Glaucae sorores*...

Avant Léautaud, *Les Croisés*. Au début du volume 2, l'histoire du royaume de Jérusalem, dispute entre Baudoin et Bohémond, perte de Mossoul en punition divine, et, cerise sur le gâteau, arrivée d'une comète :

> Il apparut dans le ciel une comète, qui resta sur l'horizon pendant quarante jours et qui fut visible pour tout l'univers. Ce signe extraordinaire, dit Foucher de Chartres, avait commencé à briller au mois de février, *le jour même où la lune était nouvelle, ce qui était évidemment d'un sinistre augure*. Dans le même mois, on remarqua pendant plusieurs jours autour du soleil deux autres soleils, l'un à droite, l'autre à gauche, et, le mois suivant, beaucoup de gens virent tomber une pluie d'étoiles. Les grandes calamités ne manquèrent point alors pour répondre aux sinistres présages, et jamais

les colonies chrétiennes n'eurent plus à craindre de voir arriver leur dernière heure.

Souvenir d'enfance. Nous sommes dans la Ford Anglia de ma mère, non loin de la Chaise-Dieu au tout début des années soixante-dix. Crépuscule du matin ou brouillard. Une femme en blouse fait du stop. Elle a peut-être une barbe. On dirait une sorcière, comme beaucoup de villageoises de l'époque. En montant dans la voiture, elle dit : « La Comète est en panne. » Je crois me souvenir qu'il s'agissait d'un modèle de Simca.

Fétichisme ? Pourquoi le mot « comète » me fascine-t-il ? Et je ne suis pas seul. Le charme dangereux de ce météore devenu étoile agissait longtemps avant Homère. Rapport des cheveux et du mal. « Touche pas tes cheveux », hurla une vieille prostituée menaçante à Marceline, rue Saint-Denis en 1979.

Dans le Larousse du XIXe siècle une belle description de la comète de 1528 par Ambroise Paré :

> Cette comète estoit si horrible et si espouvantable qu'elle engendroit si grand terreur au vulgaire, qu'il en mourut aucuns de peur ; les autres tombèrent malades. Elle apparoissoit estre de longueur excessive, et si estoit de couleur de sang. À la somité d'icelle, on voyoit la figure d'un bras courbé, tenant une grande espée en la main, comme s'il eust voulu frapper. Au bout de la pointe, il y avoit trois estoilles. Aux deux costés des rayons de cette comète, il se voyoit grand nombre de haches, cousteaux, espées colorées de

sang, parmi lesquelles il y avoit grand nombre de faces humaines hideuses, avec les barbes et les cheveux hérissés.

Après avoir rappelé que Charles Quint abdiqua son empire à cause d'une comète, Larousse conclut ironiquement que la peur fait subir des transformations prodigieuses aux objets les plus simples.

Vérification faite, ma mémoire flanche une fois de plus. La Simca Comète Monte-Carlo fut un coupé élégant et sportif et il est peu probable qu'un foyer paysan de Haute-Loire en ait possédé une. Je confonds vraisemblablement avec la Renault Frégate, ce vieux char qui traversa les romans d'Auguste Le Breton avant de manger sa rouille en province. À moins qu'il s'agisse d'une traction-avant, encore très courante en milieu rural à l'époque.

Il arrive toutefois à de belles voitures de finir étrangement, comme le carrosse peint de la Chauve-Souris, maîtresse de Louis XVIII ou cette Jaguar que j'ai dénichée à proprement parler dans l'Essonne en 1986.

Marié avec Nikki, alitée pour cause d'excès de Minitel rose à ce moment (elle se prostituait pendant le salon de l'Agriculture), je travaillais en tant qu'enquêteur vacataire à la Sofres. Ma voiture me permettait d'accéder à des zones peu fréquentées par les instituts de sondages, échappant ainsi à la concurrence des « petites vieilles », redoutables enquêtrices de soixante ans et plus qui, n'effrayant personne, entraient partout et empilaient les questionnaires prestement complétés sous l'œil jaloux de tous les autres vacataires.

Mon domaine, c'était les zones semi-rurales de la banlieue sud-ouest d'Arpajon à Poissy. J'adorais travailler le dimanche en fin d'après-midi, sûr d'y trouver l'oiseau au nid. Un nœud papillon, des lunettes façon écaille, un gros dossier bien propre sous le bras, j'allais patauger dans ces curieux villages pavés isolés au milieu des HLM et des casses autos. Une après-midi, j'arrivai dans la cour d'une ferme mal tenue par un homme d'une soixantaine d'années qui avait plutôt l'air d'un bourgeois déchu que d'un agriculteur. Sous un hangar il y avait une voiture couverte d'une bâche sur quoi les poules crottaient. Un bout de la bâche rebiquait dévoilant une superbe roue à boulon central, tout à fait pourrie. Le pneu aplati était écrasé sous la masse de tôle, d'acier chromé lépreux et de fonte.

L'homme me dit : « C'est la Jaguar de ma femme qui est morte. Je l'ai gardée en souvenir. » Quel roman à la Simenon ou à la Modiano avait pu la conduire jusque-là ?

Mardi 26 février. – En visite chez Jean-Jacques. Je lui raconte mon enquête pour *Vanity Fair*. Je lui annonce que j'ai trouvé un cheval de Troie pour entrer chez les Rouhen. On ricane de concert de ma ruse : faire passer l'article attendu (l'héritage Rouhen et la brouille entre les deux sœurs) pour un portrait de Frédéric Barnum. C'est mon coup de téléphone d'hier à Tan Giudicelli qui m'a donné l'idée. Rebelote pour Stéphanie Cauchois aujourd'hui : tout le monde croit que j'écris sur Barnum, alors pourquoi ne pas le laisser croire ? C'est simple comme du bon pain. Je le fais rire en lui racontant que Francis Dorléans m'avait dit de sa voix traînante de Parigot des années soixante-dix : « À chaque fois, Tan me racontait la même anecdote : une soirée chez Barnum avec Barbara, Jeanne Moreau, Melina Mercouri et Magali Noël. » Or je n'étais pas en ligne depuis deux minutes avec Tan Giudicelli qu'il me disait : « Barnum me racontait toujours une soirée avec Barbara, Jeanne Moreau, la Grecque... Oh, comment s'appelle-t-elle ? Melina Mercouri... Et puis euh, Irma la Douce... » On a tous des stocks d'anecdotes limités. Avec l'âge, on a tendance à raconter toujours les mêmes.

Ensuite, je dis à Jean-Jacques que Tan Giudicelli use d'une expression charmante : « faire la bamboula ». Jean-Jacques me dit : « Oui, c'est mieux que la nouba. » Plus drôle, sûrement à cause du côté raciste, Banania... Je lui raconte que Caroline me dit parfois une phrase bien à elle (avec l'accent africain) : « Bamboula a fait du bon boulot ! » mais je ne précise pas dans quel contexte (pornographique). Jean-Jacques a la tête couverte de bleus. Un œil au beurre noir, il prétend qu'il s'agit d'une intervention dermatologique. Je lui fais remarquer qu'on dirait plus tôt qu'il s'est fait corriger, lui qui affirme toujours, montrant sa canne, qu'on ne frappe pas un infirme.

Le soir, Raphaël et moi traînons Le-Tan au Flore. Flower rapplique. Jean-Yves fait un dîner Etam chez Lipp. Tout le monde s'enfuit petit à petit. Natalia Volodiana, le fils de Bernard Arnault, puis, à notre table, les Yann Herrera, Frédéric et Lara, une petite brune frisée à nez en trompette extraordinairement stupide, qui fait des sketchs avec Victoria, Alice A., jolie blonde obsédée par Satan, Jean-Baptiste, Angie Rubini et JoeyStarr et même Arnaud Viviant. Viviant me dit qu'à un dîner récent, on lui a raconté que j'allais très mal, que je souffrais amoureusement à cause d'une salope (ou d'une pute je ne sais plus le mot exact). Je me tourne vers Flower et je lui dis en anglais : « Chérie, on parle de toi », ce qui fait rire Viviant. Beaucoup de vin : 500 euros, d'après Flower, toujours très attentive à ce genre de question. Qui a payé la note ? Yann et moi, dixit Flower. Je croyais que c'était Jean-Baptiste. Montana, puis trou noir. Je me réveille une fois de plus avec mes bottes dans mon lit…

Mercredi 27 février. – … Je me lève, direction *Vanity Fair*. Je ne me rappelle jamais le nom de la rue. Il doit y avoir une raison. Chez *Vanity Fair* réunion… Non seulement ils approuvent ma ruse, mais ils se montrent pires que moi : ils me suggèrent de laisser penser à certains témoins (Jean d'Ormesson, Belinda Rouhen) qu'ils pourraient éventuellement travailler pour le journal. « On parle beaucoup de vous à la rédaction. »

J'ai beau avoir été journaliste pendant dix ans je n'ai jamais fait une enquête de ma vie. J'ai eu tort, c'est drôle. Tous les matins j'imagine une nouvelle embrouille et la tête qu'ils feront en lisant l'article. En plus, vu l'état de mes finances et mon train de vie (10 000 euros en moyenne de dépenses par mois depuis un an) j'ai intérêt à ne pas m'endormir. Déjeuner de mecs au Concorde avec Descott et Alexandre Fillon. Je ne connaissais pas ce dernier, sympathique mais mon Dieu quelle vie, tous ces livres à lire !

Plus tard, une bière chez Jeannette, rue du Faubourg-Saint-Denis avec Clovis qui me donne le manuscrit de son livre sur Karen Carpenter. Je suis au bout du rouleau. Je rentre dans mon gourbi, et voilà Caroline qui déboule. Bons moments au lit, sinon ses éternelles complaintes sur Flower. Elle a dû se rabibocher avec son mari, elle a un nouveau pantalon de cuir bordeaux, des petits bijoux et un sac Chanel ancien. Le molletonné *tacky* avec des chaînes.

Défilé au 15, rue du Mail. Flower est *overdressed* comme d'habitude. À côté de moi pendant le show, Catherine Baba et un travesti roux dont j'ai oublié le nom. À chaque fois que je me tourne après un passage pour regarder les robes de dos je me retrouve à quelques centimètres de ses lèvres. Elle me fixe l'air coquin. Du coup je ne vois que la face verso de la collection.

Dîner assommant avec Flower, une copine à elle et une tapette bridée corporate installée à New York. La tapette travaille pour Rizzoli. Il passe son temps sur son iPhone. Chez Georges il y a un autre dîner, une grande table avec Camille Bidault-Waddington, Elie Top et Vincent Darré. Comme les toilettes du resto où nous avons échoué sont cassées, ça me permet d'aller en face de temps en temps.

Dani Morla nous rejoint au Flore. Il y a une fête H&M au musée Rodin. Comme c'était rue de Varenne, Jean-Jacques voulait y aller mais je l'ai appelé en le lui déconseillant. De toute façon il est enrhumé. Pas de bamboula de proximité ! Flower préfère passer directement au Baron. On me présente un créateur allemand. Flower s'ennuie au Baron. On repart en taxi avec Dani au musée Rodin mais la fête est finie. Du coup, nous retournons au Baron.

Heureusement, Flower redonne un peu de cachet à la soirée grâce à son sans-gêne : en rentrant chez elle, rue de Turenne, on fouille dans un vieux pot de fleurs surmonté d'une affichette manuscrite : « ceci n'est pas une poubelle » mais la nounou semble avoir oublié d'y cacher la clé de l'escalier. Il est trois heures et demie. Personne ne répond sur le portable de la nounou. Flower sonne aux interphones de ses voisins. Elle m'explique qu'elle connaît les gens à déranger, selon l'heure. Il y a le voisin de dix-sept heures, la voisine de minuit, le voisin de cinq heures du mat… Elle finit par réveiller un couple. La fille descend en chemise de nuit, très jolie, très gentille. « *You are welcome* », dit la malheureuse au moment où Flower retrouve enfin la clé dans le pot de fleurs. L'excès de flamboyance de la tenue de Flower prend alors tout son sens. Je lui dis qu'elle me fait penser à Holly Golightly, l'héroïne du seul livre qu'elle n'ait jamais lu de sa vie avec *Roméo et Juliette*. Elle ne comprend pas ce que je veux dire. Peut-être n'a-t-elle lu en fin de compte que *Roméo et Juliette*. On s'écroule comme deux ivrognes. Elle m'enlace avec une seule jambe, une grande araignée…

Jeudi 28 février. – Déjeuner avec Capucine chez Lipp. Refaite à neuf. La dernière fois que je l'ai vue, c'était une vieille baba cool menaçant ruine avec une chemise de bûcheron. Là, elle ressemble de nouveau à une fille du 8e arrondissement, d'ailleurs elle vit rue Balzac. Enfin, moitié rue Balzac, moitié en Irlande, où elle a trouvé un exilé fiscal. « Celui-là, je ne le lâcherai pas ! » Son âme damnée J. (surnommée par moi *fucking shoes*) est quant à elle exilée fiscale à Londres avec son horrible mari et elle s'ennuie. Je dis à Capucine que je me souviens d'avoir croisé J. le jour de la Fiac, en effet un peu déprimée (et un peu tapée). Cet été, après avoir largué un Corse, Capucine a vécu chez Johnny Pigozzi au Cap d'Antibes. Elle me parle d'Abramovitch et de sa femme Dasha et aussi d'un producteur américain dont j'ai oublié le nom. Comme elle a l'air assez exact sur la question et qu'elle a le mauvais esprit qu'il faut, je lui propose de collaborer avec moi pour certains articles, entre autres mon projet sur le Cap et Eden-Roc. Du coup elle m'aide sur les Rouhen. D'après elle, Abélard d'O. est le fils de Marcel Rouhen. Par ailleurs, elle m'oriente sur Patrick Besson et Fabrice Gaignault.

Le soir je dois passer sur France Inter. Avant, Caroline (prise de chou) et lecture du manuscrit de Clovis. Karen Carpenter est un personnage intéressant, en creux. Clovis a monté le contexte social au premier plan (un peu comme j'avais fait dans la seconde partie de Jayne Mansfield). Une démarche quasi marxiste, un peu faussée par des idées journalistiques (l'Amérique innocente d'avant Kennedy, etc.).

Je prends un verre avec Raphaël au café du coin de la rue de Tracy et du boulevard de Sébastopol. Il me raconte un défilé d'hier. Il me dit qu'Emmanuelle Alt est très belle en ce moment. Il me confirme que X. couche avec un homme d'affaires de Hong Kong. J'oublie de dire à Raphaël que Jeanne Moreau surnomme X. (anecdote de Teresa Cremisi) « une femme montée sur spaghettis ».

À France Inter, on me demande si je connais Daniel Darc, du coup je crois qu'il est sur le plateau mais en fait il est mort. Coup de pot, j'arrive à réciter entièrement un sonnet des *Chimères* sans trop de fautes.

Je ne vais ni au dîner Pierre et Gilles avenue George-V ni au dîner d'Olympia chez Davé. Flore avec Soizic. On se partage un club sandwich et deux bouteilles de vin blanc. Je lui parle d'un vieux projet d'article refusé partout (« sauvé par la drogue ») elle me dit que ça pourrait faire un bon « Café Voltaire » (la collection d'essais de Teresa). Puisqu'on en parle… Allô Karim et deux grammes que je prends seul, rue de Tracy en regardant des pornos.

Vendredi 1er mars. – Vers dix heures du matin, je tombe sur un porno intéressant. Des filles en blue-jean et pull, genre teenagers, qui s'amusent à se jeter par terre d'un lit. Il n'y a rien de porno mais c'est drôlement bien. Ça me fait penser au frère de Bill Clinton. À midi je suis dans un état extraordinaire. Je flotte. Caroline vient me chercher, fait un peu de ménage. J'envisage de sortir déjeuner en pyjama (« pidjama », dirait Paul Morand) mais non, il faut savoir rester modeste. Cantine vietnamienne de Nikki, rue Saint-Jacques. Caroline me dépose à la gare du Nord. J'arrive chez moi en fin d'après-midi. Toujours pas de proposition de contrat, en revanche je suis invité au dîner *Purple* qu'offre Bulgari au Flore, dimanche.

Samedi 2 mars. – Flower me raccroche au nez quand je lui propose par cruauté morale de passer seulement au dessert du dîner *Purple*.

Acheté aux Emmaüs de Rozières-sur-Crise un pot de chambre et un *Dictionnaire de la peinture* en deux volumes. Pour juger le livre, je vais voir la notice de Bartholomeus Spranger. Pourquoi Hans von Aachen et Bartholomeus Spranger m'ont-ils autant plu alors que je n'aime pas leur peinture ? Sans doute à cause de Georges Bataille, de Rodolphe II et aussi de ce tableau gigantesque accroché devant les ascenseurs du Prado et que j'ai longtemps cru être de Spranger alors qu'il s'agit d'un anonyme hollandais du début du XVIIe siècle. Un fragment, la *Salomé portant la tête du Baptiste devant les Grotesques*, et reproduit dans *Les Larmes d'Éros*. Il y a aussi au Louvre cette petite allégorie avec des amours (ou de jeunes satyres avec des cornes rouges). Le paysage au fond ressemble à un Douanier Rousseau. Je crois qu'il a été attribué à Spranger, puis désattribué.

Madrid, j'en ai connu au moins cinq. Mon préféré ? Le dernier. Fin juillet dernier. J'étais descendu de Biarritz en voiture sur un coup de tête retrouver Flower à Séville. Rien de moins sûr, nous nous étions fâchés. Deux jours plus tôt j'étais parti de la rue de Turenne au milieu de la nuit pour la côte Basque. Dîner à la Plancha avec Frédéric et Lara, la Chahbanou et Yann Herrera. Puis les boîtes, puis dormi dans la voiture dans le parking de la villa à cause des ronflements de la Chahbanou. Au réveil, hurlements de Flower, cris au téléphone, insultes. Je n'ai jamais compris pourquoi. Je n'avais rien fait de pire que d'habitude. Un matin ensoleillé, merveilleux, j'ai pris ma BMW direction Burgos, la vieille Castille. Épuisé par tout ce que mon foie n'arrivait plus à distiller, je dormais vingt minutes, vingt minutes par là au milieu des champs, du désert, sur une place, près d'une église. Arrivé à Madrid vers quatre heures, je me perds pour la première fois dans les faubourgs. Je finis par retrouver le Ritz. Une jolie chambre, un bain, le mini-bar. Je sors. Promenade merveilleuse dans un crépuscule doré. À la tombée de la nuit, je trouve le marché couvert où on sert à bouffer et à boire. Bars. Puis Flower, enfin réconciliée, m'appelle à l'hôtel et me demande d'aller lui chercher des chaussures chez Pedro Garcia. Première nuit de sommeil depuis près d'une semaine. Le lendemain, toujours sous ce soleil d'une beauté surnaturelle qui durera (sauf à Gibraltar) jusqu'à mon départ pour Bangkok dix jours plus tard. Je vais au Prado voir le pseudo Bartholomeus Spranger et tout de même quelques vrais Vélasquez puis chez le chausseur. J'envoie des MMS à Flower qui choisit sa couleur. Un gris perlé. Les chaussures ne font pas partie des nouvelles collections (moches) mais d'un vieux modèle toujours fabriqué. Je les lui offrirai à Séville, elle n'ouvrira pas le cadeau. Elles resteront dans le *shopping bag* en kraft fermé d'un ruban, dans la chambre d'enfant de la maison, celle aux petits chevaliers, que j'appelle le Flower Museum, jusqu'à Noël, quand elle a déboulé avec la petite Montalembert et son curieux grand fils gothique. Moi, sauvant la face une fois de plus en les présentant comme son cadeau, puisque je n'avais rien, ne l'ayant pas vue depuis des semaines et n'imaginant pas une seconde qu'elle vienne.

Je n'ai rien connu de mieux que ce voyage, cette descente solitaire à 180 à l'heure et 45 °Celsius vers l'enfer du sud de l'Espagne. J'étais à la fois seul et accompagné, triste et heureux, plein d'espoir et de désespoir. J'avais de l'argent, une bonne climatisation, je roulais vite, j'étais nourri de bon vin couleur d'or ou de rubis, le gros manuscrit des *113 études de littérature romantique* dans mon coffre. Je pense que ce fut un des meilleurs moments de ma vie, tout ce dont j'avais rêvé était là et allait m'échapper, rien de confortable, rien d'assis. Flower et moi allions nous battre, nous quitter, nous retrouver, nous perdre, nous retrouver. La fille du parrain birman du Triangle d'Or et de la clocharde éleveuse de crocodiles allait un jour, après Tarifa, après Bangkok, un jour où, me quittant pour la énième fois me faire ce compliment : « *You are the most rock'n'roll person I have ever met.* » Pourtant, elle en a vu d'autres. Ce fut un bon pendant, neuf ans après, à la phrase de Johanna Senyk (Babeth de *nada exist*) : « À ton niveau, la lâcheté, c'est du style. »

Aidez-moi doux Seigneur et j'oublierai la plage
Et le ciel et la mer à mes pieds
Et les villes la nuit et mon joli village
Et les regards d'amour et mon amour dernier.

J'ai retrouvé dans mon plan de Paris le nom de la rue de *Vanity Fair* : Cambacérès. Cinq minutes de réflexion et je trouve : « Cambacérès t'attend. » « En bas Cérès t'attend. » Cérès est l'autre nom de Déméter, à la fois Terre-Mère et divinité infernale. C'est la mort, et c'est le tableau de Rubens, vu à Vienne ou bien à Madrid. *L'enlèvement de Proserpine*. Une fille arrachée sur un char. La fille, c'est moi.

Dimanche 3 mars. – Grande promenade dans les bois du côté du hameau de Violaine. Il fait un temps radieux. Un avant-printemps. Je dors par terre à la lisière de la forêt. Dans un site où les sangliers viennent profiter du coucher du soleil en été quand il fait chaud et que les épines noires ont leurs feuilles. Je le sais parce que j'en ai débusqué plusieurs fois en marchant. Les animaux connaissent les bons coins.

Train. Le soir, dîner Bulgari & *Purple* au Flore. Avant je passe chez Silvana Mangano. Pas de taxi à Barbès. Par miracle, le ticket de métro sur quoi Capucine a inscrit le nom (illisible) du milliardaire américain qui a sous-loué à leurs occupants en titre toutes les chambres d'Eden-Roc durant le festival de Cannes, fonctionne. Métro bondé, je passe mes nerfs sur la pauvre Caroline avant d'aller honorer Flower à la cosaque. Flower qui m'a vidé sur les pieds en riant un sac à chaussures rempli de petites coupures. Sa recette de la journée, elle vend des cafés dans une foire.

Séance d'essayage, la bistrotière chinoise devient princesse indienne. Au moins 10 000 euros sur elle. On passe vingt minutes sur les pendants d'oreilles. J'adore les essayages, n'y tenant plus je lui dis : « *Baby love, this is a perfect moment.* » Elle me lance un coup d'œil de lynx.

Au Flore, il y a beaucoup de monde. Je laisse Flower à la table de Daniel de La Falaise, je vais m'asseoir sur la banquette du fond où m'attend une brochette. De droite à gauche Jean-Yves Le Fur et sa fiancée, Virginie Mouzat, Vincent Darré, Jean-Jacques Schuhl, Camille Bidault-Waddington, Martine Sitbon. En face, dans le désordre, il y a Le-Tan, Mathias Augustyniak, Agnès Boulard, Marc Ascoli, Sonia Sieff, etc. Plus tard Flower nous rejoint avec des gens. Jean-Jacques a mis ses lunettes pour cacher son cocard. À la fin il disparaît un bon moment. Il est allé pisser sur le boulevard. La soirée au Montana est infernale. Trop de monde. Le bar au premier étage ressemble d'après Raphaël à un bar éphémère pendant une féria.

Lundi 4 mars. – Bonne surprise en me réveillant, je trouve des billets de banque froissés dans mes poches. Comme j'ai hurlé à la table hier que j'étais fauché, une bonne âme a remédié à mon souci. À moins que ma vieille veste du bataillon d'Indochine se soit mise à fabriquer des euros. Magie de l'existence. Autre hypothèse, moins belle, que me suggère Raphaël : je les aurais volés dans le sac d'une de mes voisines.

À dix heures du matin je retrouve Gentil Gilbert dans un endroit impayable : le bar de l'hôtel Pullman Montparnasse. Je lui parle de mon portrait de Frédéric Barnum. Il me promet d'en parler à Natacha Rouhen et me donne deux ou trois pistes : Jacques *Kennedy* Démery, le veuf de Gérald Nanty, et Christophe Abel, le légataire de Barnum. Il me raconte que Barnum est mort dans les bras de Natacha. Un peu avant, elle lui avait demandé : « Tu ne vas pas mourir maintenant ? » et il avait répondu : « Non. »

Un drame se prépare : Camille veut m'emmener en chevalier servant à la soirée Hermès demain et le même soir, Flower prépare un dîner chez Alexandre Zouari. Verre avec Nicolas Hidiroglou dans un café au soleil au coin de la rue de Lancry et du boulevard. Nicolas me raconte sa séance photo avec Lady Gaga. Il fait un bouquin de ses photos et veut que je lui écrive une préface.

Caroline me téléphone en larmes pour m'annoncer qu'il y a une photo de Flower, Camille et moi enlacés sur le *Purple Diary*. Elle part pour Dubaï demain matin. Nous n'arrivons pas à nous réconcilier.

Jeudi 7 mars. – Campagne. Dormi dix heures pour cause d'épuisement. Ce matin, j'ai constaté que mes mains tremblaient. Hier, je me suis endormi dans le train, j'ai raté l'arrêt de Villers et je me suis retrouvé à Soissons. La faute d'Anatole France : j'ai piqué du nez sur un de ses contes : *Les Sept Femmes de la Barbe-Bleue*. J'en étais aux premières noces de Barbe-Bleue avec une montreuse d'ours. Description d'un château imaginaire de la forêt de Compiègne et d'un « cabinet des princesses infortunées ».

> À l'une des extrémités de cette galerie se trouvait un cabinet qu'on appelait ordinairement « le petit cabinet ». C'est le seul nom dont Charles Perrault le désigne. Il n'est pas inutile de savoir qu'on le nommait aussi le cabinet des princesses infortunées, parce qu'un peintre de Florence avait représenté sur les murs les tragiques

> histoires de Dircé, fille du soleil, attachée par les fils d'Antiope aux cornes d'un taureau ; de Niobé pleurant sur le mont Sipyle ses enfants percés de flèches divines ; de Procris appelant sur son sein le javelot de Céphale. Ces figures paraissaient vivantes, et les dalles de porphyre dont la chambre était pavée semblaient teintes du sang de ces malheureuses femmes. Une des portes du cabinet donnait sur la douve qui n'avait point d'eau.

Rosso ou Primatice ? Quand j'ai ouvert les yeux j'ai vu que j'avais dépassé la station. Le paysage qui émergeait du crépuscule avait une tristesse qui me plaisait mais qui n'était pas quotidienne. Je le connaissais sans qu'il me soit familier. Aucun sentiment désagréable, je n'en avais rien à foutre. Je pouvais aussi bien dormir à l'hôtel à Soissons que rentrer chez moi. Il y a un moment où la fuite en avant se suffit à soi-même sans plus besoin de ma volonté, ma vie continue sur son élan comme un bateau ou un wagon sans frein. C'est une ivresse de n'être attendu de personne, détaché de son sort. Indifférent aux petites avanies. Je suis resté une heure à attendre le train qui me ramènerait en arrière sur un banc. La nuit tombait, il faisait doux et humide. Adossées derrière moi, deux femmes étaient assises sur l'envers du même banc et leur conversation très banale et dépourvue de tout esprit, donc de tout vice me donnait un sentiment de paix. Comme les voix lointaines des infirmières de garde qui parlent entre elles, la nuit, dans un couloir d'hôpital.

C'est Blanche Dubois à la fin du *Tramway nommé désir* qui dit aux infirmiers psychiatriques venus l'arracher à ses rêves :

Qui que vous soyez j'ai toujours dû compter sur la bonté des inconnus.

Plus tard dans la soirée, j'étais si perdu et je m'en fichais tant, que même Flower (furieuse de ma fuite chez Hermès avec Camille Bidault) est redevenue gentille. Elle m'a appris que l'autre ivrogne effondré près de moi hier soir sur la banquette de la dernière boîte où nous avons fini (je ne sais même plus laquelle : je confonds Castel, Raspoutine, Régine, Le Baron et le Montana dans le même brouillard rougeoyant), l'autre ivrogne était Jude Law. Je comprends mieux pourquoi il y avait autant de filles qui dansaient autour de notre table. Je suis décidément incapable de reconnaître les gens célèbres, à part Belmondo ou des faciès vraiment typés. Avant Jude Law, il y avait eu le dîner crépusculaire chez Zouari et avant, un cocktail chez Vuitton. Vu Thadée Klossowski, Djemila Khelfa, Paquita Paquin, Francis Dorléans, et Alléluia qui a décidément une voix très étrange. Après Jude Law, il y a eu Jean-Baptiste Huynh, chez lui jusqu'à neuf heures. Il m'a appris que j'avais roulé des pelles à table à la fameuse duchesse, lors du dîner précédent chez Zouari avant de m'endormir. Tout oublié. Je raconte ça à Descott qui m'appelait de retour de Gstaad.

Toujours en robe de chambre à deux heures de l'après-midi. Je me prépare un risotto au safran et au fenouil. Je rajoute un zeste de citron.

Coup de téléphone de Schuhl au moment où j'allais me mettre à table. Il voulait savoir comment était le Montana dimanche soir et me poser une question à propos de *Vanity Fair* et de la clause de confidentialité.

Puis, surprise, coup de téléphone de Natacha Rouhen. Elle se montre si gentille que je ressens une honte immédiate. Je serai désormais incapable de la trahir froidement.

Le veuf de Gérald Nanty m'appelle dans la foulée. Sans surprise, il me parle de Sagan, Chazot, Annabel Buffet, Florence Malraux et Marie-Hélène de Rothschild. Seul nom que je ne connaisse pas : Marielle Bengener, la compagne de Ghislaine Thesmar.

Aussi subtilement que possible, je l'amène sur les Rouhen, en lui demandant pourquoi Belinda n'était pas présente à l'enterrement de Frédéric Barnum organisé par Natacha (c'était pourtant Belinda, d'après Florence Cauchois, qui avait présenté Barnum à sa sœur). Il me confirme qu'elles étaient fâchées mais il m'annonce qu'elles se sont réconciliées après la brouille de l'héritage. D'après lui : « Il y en avait assez pour tout le monde. »

Promenade de deux heures dans la forêt haute du côté de Château-Fée, laie des Fées, carrefour du Pendu… La toponymie forestière, ici aussi bien qu'à Compiègne ou à Fontainebleau, est influencée par le romantisme. Ces noms sont aussi neufs que le château de Pierrefonds, voire qu'un conte d'Anatole France. Je n'ai croisé personne ni chez les fées ni chez les pendus mais j'ai aperçu une douzaine de chevreuils qui filaient entre les troncs des pins, dans une lumière grise presque aussi mystérieuse que celles de Saint-Marc ou de la grande Mezquita de Cordoue.

Vendredi 8 mars. – Je m'étais couché avec Robert Challes. Je me réveille avec *Anatole France en pantoufles.* Un livre que j'ai négligé d'acheter pendant des années en dépit d'un bon titre. Léautaud en parle au moment de sa parution (1924). Un scandale bien oublié qui m'a donné envie d'aller voir. L'auteur s'appelle Jean-Jacques Brousson, il était le secrétaire de France. J'avais à peine ouvert les yeux, retardant le moment de prendre mon petit-déjeuner, que je tombe sur un passage qui me semble directement adressé à moi, à près de cent ans d'écart. Il y est question des goûts d'Anatole France pour les rossignols piochés dans les boîtes des bouquinistes. Et voilà comment j'arrive dans l'histoire :

> Un jour, je l'espère bien, quelque écrivain, plein de probité et de mépris pour son temps, me tendra une main secourable quand je serai gisant, dans un de ces cercueils de sapin et de tôle, exposé à la pluie, aux intempéries, à l'injure du passant, avec la fleur des théologiens, des *Génie du Christianisme* dépareillés et les *Lettres sur la mythologie.*

C'est chose faite. Pour la pluie et les intempéries Anatole exagère un peu, il veut faire pitié, les bouquinistes savent protéger leur bien, même ceux estimés au centime d'euro (Boulinier). Quant à l'injure des passants, il doit parler des doigts sales ou des déchirures involontaires, car on n'injurie plus guère Anatole France. S'étant beaucoup vendu de son vivant, comme Gide ou Duhamel, France traîne un peu partout pour des prix modiques. J'ai surtout lu les quatre volumes de *La Vie littéraire*, et *Le Livre de mon ami*. Je possède aussi un *Rabelais* qui doit être assez curieux. *L'Anatole France en pantoufles*, qui est la version IIIe République et concierge des *Conversations de Goethe avec Eckermann,* contient des choses amusantes, et d'autres moins, comme son humour pince-sans-rire (le personnage du vieux monsieur inventé par l'auteur) sans parler d'expressions effrayantes : « Mon porte-plume n'a rien de lyrique. Il ne bondit pas. Il fait son petit bonhomme de chemin. » Je pense aussitôt au *Sapeur Camember* et à ce distique :

Et ma vengeance en somme
De chemin fait son petit bonhomme...

La fréquentation d'Anatole France rappelle la conversation des personnes âgées. Au début elle paraît drôle mais vite je ressens un sentiment de tristesse, d'étouffement, d'ennui. Pas question de radotage, plutôt d'une fausse tranquillité (agressive) qui vient de la conscience qu'ils ont de ne plus être objet de désir. Bavardage d'eunuque. C'est pour cela que je préfère la duchesse de chez Zouari à tous les Anatole France et tous les vieillards savants. Au moins elle, on peut lui rouler des pelles.

Coup de téléphone de Flower, toujours émerveillée, en bon narcisse, par les petits incidents qui émaillent la légende dorée de ses journées. Elle me raconte que, revenant de l'école où elle a déposé son fils, elle a eu faim. Furieuse d'avoir laissé son sac chez elle, elle a fouillé sa poche et, miracle, trouvé de l'argent. Bref, comme moi l'autre matin. Sauf qu'il s'agit de mitraille. Pas de quoi s'émerveiller, je ne suis pas sûr que Voragine aurait noté ce détail. Elle m'appelle de la pâtisserie : « *I don't brush my teeth, I don't wash my face, I'm awful and here, in* Carette-Place des Vosges (elle aime aboyer les noms complets des endroits prestigieux) *everybody knows me, like in* Café de Flore... Mon amour, *you don't think that salmon sandwich in the morning is a little too much jewish ?* »

Je ne l'écoute plus et elle n'écoute pas non plus quand je lui fais remarquer que c'est un trait masculin que d'avoir de l'argent dans sa poche, les vraies femmes ne rangeant jamais l'argent ailleurs que dans leur sac. D'ailleurs souvent elles n'ont pas de poches dignes de ce nom. Pourquoi cet appétit vorace dès le matin ? Après ça, elle va rentrer ronfler chez elle.

J'ai compris hier soir pourquoi elle est redevenue gentille après l'affaire Hermès. Rien à voir avec mon état. Hier après-midi, elle a vu Bianca, sa voyante, qui a dû la mettre dans de meilleures dispositions à mon égard. Pendant ces mois où nous n'étions plus vraiment ensemble, j'avais oublié le rôle important de Bianca dans ses variations d'humeur.

Toujours dans *Anatole France en pantoufles* (mon âme sœur d'aujourd'hui) la même idée que je viens d'évoquer plus haut (contre lui) :

> Sans la sensualité, pas de sensibilité, pas d'âme. Plus nous sommes voluptueux et plus nous sommes intelligents ! La belle saison de l'homme, c'est celle des désirs et des plaisirs. Le sage fait tout pour la prolonger. On se moque du vieillard amoureux ! Quelle cruelle stupidité.

Plaidoyer pour les vieux satyres qui remuglent la chasteté ou la redoutable épouse à chapeau. Et moi je b. en pensant à une certaine c. toute noire et Flower, chaude, odorante et trempée. Quel dommage que Flower ne soit plus là à faire le ménage en leggings, avec un torchon sur la tête et des gants de caoutchouc rouge. Comme elle me manque parfois ! Comme je l'aimais quand elle me disait avec son accent rocailleux : « Mon amour, *give me the vacuum please, it's very dirty, animals everywhere !* » J'obéissais joyeusement et je me remettais à écrire dans un bon bruit d'aspirateur sur Dante ou sur Barrès sans le moindre effort.

Depuis tout à l'heure, je cherche en vain dans le poussiéreux désordre du premier étage, *Les Illustres Françaises*, dans l'édition en deux tomes des Belles Lettres. C'est Émile Henriot dans un courrier littéraire datant de 1931 qui m'a donné envie d'aller y voir. Le courrier consacré aux *Mémoires* de Robert Challes évoque au détour d'une phrase une des nouvelles des *Illustres Françaises*, *L'histoire de Dupuis et de Mme de Londé*, « un petit chef-d'œuvre de libertinage et de réalisme qui rappelle *Francion* et fait penser aux *Liaisons Dangereuses* ». J'ai acheté ces volumes il y a quelques années sans jamais les ouvrir. Je cherche *Les Illustres Françaises* dans le *Dictionnaire des œuvres* où Challes devient Challe comme ce bon Claude. Quant au Larousse du XIXe siècle il lui rend son « s » mais change son prénom et lui ajoute une particule. Robert Challes ou Challe devient Grégoire de Challes. La notice de Larousse est comme souvent curieuse, racontant la vie agitée de cet aventurier malheureux, ses pérégrinations. Entre 1682 et 1713 on aperçoit Robert (ou Grégoire) à Amsterdam, en Espagne, au Portugal, à Boston (G-B), en Irlande, aux Indes... Quant à ses œuvres :

> Tel qu'il nous apparaît, Challes dans sa littérature fit un peu de tout et dissipa son talent comme il avait dissipé sa vie ; malheureux, « aux gages des libraires, leur victime » il fut exilé à Chartres en 1719 et y termina ses jours misérablement (...).
> C'est un Français vif, léger, brave, discuteur, philosophe, sincère, ennemi intime des Jésuites, aimant à se laver le gosier et fort enclin à la galanterie. Il faut encore citer de Challes une brochure inédite qui, si l'on s'en rapporte au fragment qu'en a publié le libraire Marchand, n'aurait pu que servir à la réputation de son auteur. C'était une espèce de chronique scandaleuse de plusieurs familles financières.

Il me donne envie de me réintéresser à l'arbre généalogique des Goldet et à la branche Worms dans le cadre de mon enquête sur les Rouhen.

Ça ne sera pas cette après-midi. Je prends le train de trois heures moins dix. En attendant me revient une série de réflexions entamée au cours du déjeuner chez mes parents mardi dernier. Je reparlais de ce que j'ai dit plus haut à propos de Céline et la brisure de la rhétorique par le bégaiement. Je sais que Schuhl déteste la rhétorique c'est pour ça qu'il est un moderne. Je n'ai pas eu le même genre de parti pris. Mes premiers livres étaient pleins de belles phrases. Je n'y prenais pas garde, je trouvais ça drôle. Petit à petit j'ai voulu me méfier des morceaux de bravoure, peut-être ai-je eu tort. Dans la *Revue des Études Latines* je tombe ce matin sur un article consacré à Sénèque. *Sénèque, second fondateur de la prose latine* par Mlle A. Guillemin (*REL* 1957). L'auteur oppose Sénèque à Quintilien sectateur de Cicéron, l'un vivant, l'autre mort :

> Par cette erreur, trop conforme à une opinion imprévoyante, il (Quintilien) partageait pour plusieurs siècles l'héritage latin en deux parties : une langue artificielle, laborieusement étayée sur les préceptes cicéroniens, qui deviendra – et qui, peut-être, est encore partiellement demeurée – celle des humanistes modernes, et une langue restée vivante, livrée à son évolution naturelle, et qui, par l'intermédiaire de la langue chrétienne, donnera naissance aux langues romanes.

Dimanche 10 mars. – Couché hier vers six heures du soir, à peine sorti d'un tunnel de drogue d'une vingtaine d'heures. Deux réveils successifs. Un à six heures du matin avec Marguerite Yourcenar et un article sur Borgès. L'autre, vers dix heures, avec *Chérie* d'Edmond de Goncourt, ouvert au hasard sur ce passage :

> Enfin, un jour qu'on se livrait à un rangement dans le château, on trouva dans le haut d'une armoire une poupée dont on ne s'expliqua pas la présence. On crut à une poupée achetée par la mère du maréchal en vue d'un cadeau important et qui, par une raison ou par une autre, n'avait point été fait. La poupée était intéressante en ce qu'elle présentait un parfait échantillon de la

> mode de 1830. Coiffée d'une sorte de toque bleue, surmontée d'une grande tige de fleurs retombante, elle portait des manches à gigot et avait des socques. Cette poupée qui se déshabillait était accompagnée d'un trousseau complet, contenant une demi-douzaine de chemises, de paires de bas, de mouchoirs, que dorénavant on lavait régulièrement en même temps que le linge de la maison dans les lessives du château avec l'ordre de les remettre à Mademoiselle en personne.
> Pourquoi Chérie se prit-elle de passion pour cette poupée archaïque ? Peut-être à cause de l'imprévu de la trouvaille ; peut-être pour une espèce de regard qu'elle avait dans l'émail de ses yeux.

La tournure « la poupée était intéressante en ce que » sonne curieusement dans une description romanesque. Elle sent le catalogue de salles de vente et les habitués de la brocante. Au premier coup d'œil, j'ai cru que Chérie était une femme reléguée dans un château de province aux longs couloirs et qui retombait en enfance à la suite de cette trouvaille. Une intrigue plus à la manière de Henri de Régnier qu'à celle des Goncourt…

En 1991, avec la Chahbanou et Nikki, j'ai failli louer la moitié d'un château sinistre dans la région de Nevers. Le grand corridor du premier étage était coupé en deux par une armoire, tournée vers l'autre parcelle (inoccupée) du logement. À l'époque j'ai pensé à *Rosemary's Baby* et à l'armoire qui sépare l'appartement de Rosemary de celui des Castevet, mais le meuble aurait bien pu contenir dans ses tiroirs une surprise de cet ordre.

Mon premier réveil, à l'heure des oiseaux, m'avait mis en contact une nouvelle fois avec l'intelligence littéraire (le goût) de Marguerite Yourcenar. L'article en question : *Borgès ou le voyant,* date de 1987. C'est le dernier du recueil *En pèlerin et en étranger* qui date de 1989.

Elle y cite un poème de Borgès qui contient cette maxime :

> Le courage n'apprend pas l'art d'oublier.

Je pense tout de suite, dans l'état de grande fraîcheur oraculaire de la première lecture du matin, à la transformer en :

> Le pardon n'apprend pas l'art d'oublier.

Ce serait une réfutation de la maxime d'un écrivain tchèque :

> Rien ne se pardonne, tout s'oublie.

Le poème de Borgès parle de la cécité dont il a été victime à cinquante ans :

> Et le monde n'est plus magique. On t'a laissé.
> Tu ne dois plus jamais partager cette lune.
> Elle sera pour toi l'image du passé.
> … Mais le courage n'apprend pas l'art d'oublier.
> Un symbole, une fleur que midi fait plier
> Te déchirent. Tu peux mourir d'une guitare.

Il est élégamment arrangé par une ellipse.

Dans les *Œuvres complètes* de Borgès, éditions de la Pléiade, tome 2, p. 107, je retrouve le poème intégral intitulé « 1964 » :

Et le monde n'est plus magique. On t'a laissé.
Tu ne dois plus jamais partager cette lune
Claire ou les lents jardins. Tu ne verras plus une
Lune qui ne te soit image du passé.
Cristal de solitude et soleil de souffrance.
Mains mutuelles, fronts que rapprochait l'amour,
Adieu. Tu n'auras désormais que le retour
De la sûre mémoire et de l'heure d'absence.
Nul ne saurait rien perdre, en vain répètes-tu
Que le bien qu'il n'a pas et qu'il n'a jamais eu ;
Mais tu restes celui que sa perte accapare,
Et le courage n'apprend pas l'art d'oublier.
Un symbole, une fleur que midi fait plier
Te déchirent. Tu peux mourir d'une guitare.

Là encore, le poème n'est pas complet, il comprend une seconde partie dont je ne citerai à mon tour que trois hémistiches :

La minute la plus quelconque est plus profonde
Et plus diverse que la mer.

Dans la préface du recueil *L'autre, le même* dont est tiré ce poème, je trouve ça :

Curieuse destinée que celle de l'écrivain. À ses débuts il est baroque, vaniteusement baroque et au fil des temps il peut atteindre, si les astres sont favorables, non pas la simplicité, ce qui n'est rien, mais une complexité modeste et secrète.

Un écho de Callimaque.

Plus loin dans l'étude de Marguerite Yourcenar, qui comprend entre autres perspectives intéressantes, l'opposition du visionnaire (Swedenborg) et du voyant, je trouve une image de Borgès qui pourra me servir dans mon livre sur Sharon Tate :

> Sentant dans sa gorge le froid intime du couteau.

Voilà plusieurs semaines que je m'intéresse à décrire la douleur d'une femme enceinte de huit mois qui se fait poignarder les seins, si sensibles durant cette période. Je cherche un spécialiste de la douleur qui aurait établi une échelle des souffrances. Par exemple une gradation entre le percement à la fraise de dentiste d'une dent vivante, l'arrachage des ongles, la castration ou l'éventrement. Les Chinois d'autrefois ont dû s'intéresser à la question, l'empirisme de l'expérience ne peut qu'aider dans ce domaine, ainsi que le désir de faire souffrir. C'est une science d'écorcheur.

Plus loin encore ce poème :

> Hier j'ai tué un homme dans la bataille.
> L'épée pénétra sa poitrine un peu à gauche,
> Il roula à terre, il fut une chose à corbeau.
> En vain tu l'attendras femme que je n'ai jamais vue,
> Les navires ne le ramèneront pas.
> À l'heure de l'aube
> Ta main cherchera du fond du sommeil.
> Ton lit est froid.

« Chose à corbeau » me rappelle ma description du cadavre de Jayne Mansfield. Yourcenar qualifie ces propos de guerrier viking, de « rude compassion ». Bizarrement elle ne relève pas qu'il s'agit d'une imitation de l'*Iliade*. La même pensée, cet hommage sexuel à la veuve et l'image de la couche froide se trouve, j'en suis sûr, dans Homère.

À l'instant, SMS de Priscilla de Laforcade qui me propose une colocation avec elle. Je mène une vie d'étudiante.

Vendredi après-midi je suis passé voir Flower à Paris. Départ à Monaco demain matin, et le soir, elle dînait avec un restaurateur pédé-gangster (établi à Monaco, Saint-Barthélémy, Moscou et Mexico) avec qui elle veut s'associer pour monter un restaurant à Paris. Énième projet du même genre, toujours avec des partenaires cocasses. Je suis arrivé chez elle à quatre heures, elle m'a attiré sous la douche où je me suis plus ou moins foulé un orteil en la prenant par-derrière sous une cascade d'eau chaude qui m'aveuglait. Cette montée libidinale était certainement l'œuvre de Bianca.

Je me suis sauvé vers six heures pour passer chez Silvana Mangano avant de retrouver Clovis dans mon café sinistre préféré de la gare du Nord, La Tartine du Nord. Sur une grande télévision près de l'escalier des chiottes, il y avait du foot entrecoupé de clips de Rihanna.

Servis par le patron qui ressemble à un gentil croque-mort, nous avons parlé de Naples et de Karen Carpenter. Clovis m'a raconté une randonnée en montagne avec une anorexique, qu'il fallut rapatrier en hélicoptère une fois qu'elle fut arrivée la première au refuge. « Elle était pelotonnée près du feu comme une grande araignée et elle sentait mauvais. » Clovis m'affirme que toutes les anorexiques sentent mauvais. Il me raconte aussi une après-midi passée à la butte Montmartre à jouer les touristes amoureux en compagnie de Marie-France et de Chrissie Hynde, la chanteuse des Pretenders.

Rentré à Longpont, je ne me drogue pas tout de suite. Je préfère me lancer dans un grand ménage. À minuit j'ai fini. J'allume un feu, je peux commencer à boire et à me droguer.

Pornos (sans intérêt) jusqu'à l'aube puis, à partir de huit heures, je regarde des clips sur YouTube. Essentiellement du vieux rock (Gene Vincent, Wanda Jackson, Eddie Cochran). Je repasse en boucle un documentaire sur Eddie Cochran, à cause de sa fiancée, Sharon Sheeley (auteur de *Something else*) qui était dans la voiture avec lui et Gene Vincent au moment de l'accident. D'après Sharon Sheeley, s'ils sont montés dans cette voiture, c'était la faute de Gene qui a refusé de prendre le train pour Heathrow car il avait mal à la jambe. Ça me rappelle Sam Brody et Jayne. Sharon Sheeley est fascinante parce qu'elle est restée bloquée en 1960 à jamais momifiée par l'idolâtrie des Teddy Boys.

Vient ensuite à partir de onze heures environ, un état que je ne connais qu'à la campagne et que j'appelle l'état de « plate-forme suicidaire », par allusion à la phase en plate-forme de l'orgasme féminin. Un peu comme quelqu'un qui monte au dernier plongeoir, celui de dix mètres, et qui regarde la surface de l'eau scintiller en bas. Il ne sait pas s'il aura le courage de sauter ou non mais il est heureux d'être là. Seul, presque dans les nuages. J'ai connu la même chose dans l'océan en nageant loin au large, alors que j'étais seul et très défoncé. Souvent, comme aujourd'hui, ces jours-là, il fait un temps radieux. Au lieu de profiter du premier soleil printanier, je tire sur une cigarette électronique parfum menthe (marque Njoy), regardant en boucle Eddie Cochran chanter *Something else* puis le clip *Back to Black* d'Amy Winehouse, *I love rock'n'roll* de Joan Jett et enfin *I was born to cry* de Johnny Thunders. Une voix me dit que je dois mourir, que c'est vraiment le bon moment. J'ouvre l'*Anthologie de l'humour noir* que j'ai rachetée dans la vieille édition du Sagittaire, avec des photos en noir et blanc en couverture.

L'article de Breton sur Jacques Rigaut, que je n'ai pas relu depuis ma jeunesse, me frappe par sa netteté d'écriture. Les redescentes de drogue et d'alcool, ou plutôt cette phase en plateau que je ne connais que dans la tranquillité, à la campagne, me remettent en prise avec des exigences que les efforts quotidiens font oublier. Cela me donne un effet de recharge. Ce petit jeu ridicule avec la mort, quand j'aiguisais un long couteau de cuisine dont je savais bien, au fond, qu'il me servirait tout à l'heure à couper de la saucisse et non à m'ouvrir les artères, aussi puéril qu'il semble à raconter, me remet en phase avec l'essentiel de ma littérature. En juin, lorsque je suis passé à l'acte, c'était par jeu pour aller plus loin au bout du tremplin. La faute aussi aux médicaments, ces petits cachets qui ressemblent à des jetons de casino. « *It was for fun.* » Seule Flower m'a compris, c'est pour cela qu'elle ne s'est pas déplacée, c'est pour cela qu'elle est encore là. Camille m'a aidé, appelant les secours, et Caroline est accourue en cosaque comme toujours, avant de rejoindre son mari à Paris.

Les vraies muses ne cherchent pas à l'être, elles fournissent l'inspiration par hasard, presque à contrecœur, sans y penser en tout cas. Aujourd'hui, comme je lui faisais remarquer qu'elle avait une voix de travesti (elle s'est enrhumée à Monaco), Flower me raconte le dîner de vendredi. Elle commence comme toujours sa narration par une formule, une pensée, une morale, ce qu'il faut tirer de l'histoire à suivre : « *You know, Simon, Russian girls are dark, but Russian transvestites are very dark*... »

Au dîner il y avait X. (le maffieux pédé restaurateur), son petit ami, le propriétaire des montres Rolex, une pute russe et un travesti. À un moment, le travesti a planté son couteau dans la table à quelques centimètres de la main de Flower en lui demandant d'arrêter de draguer son mec (le propriétaire de Rolex). Si je ne m'étais pas moqué de sa voix, Flower n'aurait même pas pensé à me raconter cette soirée.

Lundi 11 mars. – Dans l'étude sur Borgès, Yourcenar dit de la psychanalyse qu'elle est une « pauvre mythologie ». Nabokov et Yourcenar dénigrent la psychanalyse. Pourtant, qui m'expliquera, sinon le « charlatan de Vienne », pourquoi, à chaque fois que j'ai des soucis d'argent, je passe mon temps à nettoyer les cabinets à l'eau de Javel ? Les idées du freudisme, souvent très simples, permettent de se voir agir, ce qui est un remède, comme l'humour juif. Nettoyer les cabinets en sachant que la merde, c'est de l'argent et que l'argent, c'est de la merde, reste plus drôle que de les nettoyer en pleine anxiété, sans le savoir.

Au moment où je me prépare pour prendre le train, Schuhl m'appelle, il a besoin des quatre premiers vers de *L'Énéide*. Je monte les chercher. Je retrouve avec peine un tome de l'édition des Belles Lettres dépareillé. C'est la première fois depuis longtemps que je lis du latin au téléphone. J'hésite sur la prononciation des « u » et des « j », ne sachant pas si Jean-Jacques a appris le latin selon la méthode moderne comme moi ou ancienne comme mon père. Visiblement il prononce comme moi « ou » et « y ». Cette lecture latine au téléphone m'intimide sans que je sache pourquoi.

Paris. Flower, malade, pousse de drôles de petits cris. Je n'arrive pas à savoir si c'est pour m'attendrir, ou si, l'état de maladie lui étant inconnu, elle manifeste son désarroi comme elle peut. Je vais à la pharmacie. Moi qui déteste cela pour moi, pour elle, ça me fait presque plaisir. Ensuite, je vais lui acheter une soupe et un chirachi rue Charlot.

Dîner chez Di Como, rue du Bac avec Pierre Le-Tan et Jean-Marie Delbes. Il pleut de manière infernale. En catastrophe, faute de taxi j'ai pris le bus 96. Je descends à Croix-Rouge. Rue de Grenelle, devant les vitrines allumées, j'ai une pensée émue pour Golconde. Tout cela paraît si loin. Au restaurant, conversation sur Léautaud, puis sur Whoopi Goldberg. Je m'ennuie, on s'ennuie les uns les autres, je n'appelle pas le dealer.

Je rentre en taxi. Je me couche près de Flower après lui avoir donné son sirop et ses médicaments. Elle se blottit contre moi, je lui caresse les cheveux puis je la tiens serrée toute la nuit. Malade, elle ressemble à Mowgli du *Livre de la jungle*, un dessin animé que j'ai vu très jeune, peut-être une des origines de mes sentiments à son égard.

Mardi 12 mars. – À huit heures je sors sous la neige. Les trottoirs sont glissants, je titube sur mes bottes allemandes jusqu'au métro Chemin-Vert. Le trafic de la ligne 8 est perturbé. Caroline m'appelle du désert d'Oman pour me faire une scène. Je passe à Strasbourg-Saint-Denis puis je repars toujours dans un métro bondé jusqu'à la station Invalides. J'ai rendez-vous avec Christophe Abel, le légataire de Frédéric Barnum, à dix heures et demie à l'Esplanade, rue Fabert. Je traverse les Invalides sous une tempête de neige. Caroline me rappelle, du bord d'une piscine d'hôtel pour me refaire une scène.

Christophe Abel est un garçon de mon âge, sec, à la fois juvénile et ridé, très attentionné, trop parfumé. Il porte un blouson à pattes et de petites lunettes fumées en titane. Il se touche souvent le nez. Il parle de Frédéric Barnum, de Françoise Sagan et de Gérald Nanty. Il me raconte la rencontre de Barnum et de Manouche dans un restaurant. B. entend derrière lui une voix de femme : « Je vais prendre des maquereaux, ça me rappellera mes premiers maris. » B. se retourne et lui dit : « Madame, qui êtes-vous ? Je veux vous connaître. » Évocation de l'appartement de B., surchauffé, avec la chaîne Equidia allumée dès le matin. Je note le projet de B., début 2000, de monter un cabaret rue Taitbout, dans une ancienne banque, associé avec un Clérico (Le Lido, Le Moulin Rouge), pour offrir à Marie-France une revue à mener. Christophe Abel me donne les téléphones de Florence Malraux, de Dani, de Marielle Bengener, et de Noël Lemaire, ami de jeunesse de Barnum et grand spécialiste des courses hippiques.

Retour rue Saint-Denis. Je dois déjeuner avec Descott et l'éditeur W. En attendant Descott, je reprends le vieux numéro de la revue *Europe* consacré à Théophile Gautier. Toujours cet article sur Gautier journaliste. Il y est question d'un texte que je lirais volontiers, écrit à l'occasion de la vente du mobilier de Victor Hugo dans *La Presse* le 7 juin 1852.

Je ne connaissais pas W., il est très enrhumé. La faute d'un « maquettiste » qui l'a « contaminé ». La manière méprisante dont il prononce le mot maquettiste me déplaît. Du coup, je lui réclame un Doliprane. Nous partageons un couscous aux légumes avec une bouteille de boulaouane rue du Delta. Il parle avec une ironie prudente des sœurs Rouhen comme de « deux grandes artistes ». Je n'arrive à rien en tirer. Même pas le nom de la dernière maîtresse de Marcel Rouhen, « une femme charmante ». La fin du repas est occupée par des considérations pessimistes et banales sur l'avenir de l'édition. Selon Le-Tan, au téléphone un peu plus tard : « L'édition ? W. ? De toute façon, il n'a jamais su ce que c'était. »

À cinq heures et quart je passe chez Schuhl. Ingrid a mal à la jambe. Elle a toujours une manière très à elle d'apparaître. Là elle était cachée dans la cuisine. Entendant du bruit, j'ai cru qu'il s'agissait de la femme de ménage que j'ai croisée une ou deux fois en trois ans. Ingrid surgit comme un diable. Bizarrement elle n'a pas ses lunettes de soleil. Schuhl m'a ouvert la porte avec une bouteille de champagne à la main en faisant le clown. Nous avons parlé de Jean-Pierre Léaud qui se promenait au bar de la Coupole avec une bouteille de Bénédictine ou de Marie Brizard dépassant de la poche. Ingrid arrive avec une tasse de thé. Elle hésite à boire du champagne à cause des antibiotiques. Nous la convainquons que ce n'est pas bien grave. On trinque. Nous parlons de Virgile et des origines troyennes de Rome. Je leur raconte l'histoire d'Énée qui y croise l'ombre de Didon dans le chant VI. Mais celle-ci, toujours pleine de ressentiment, même morte, se retourne et se serre contre l'ombre de son mari. Je compare cette scène à une séquence de *La Horde sauvage*, où la jeune fille mexicaine violée retrouve son amant. Ils se croisent, elle va pleurer, elle éclate de rire et se détourne de lui pour rejoindre son violeur et lui lécher l'oreille. Puis nous parlons d'*Apportez-moi la tête d'Alfredo Garcia*. Jean-Jacques se souvient de la tête couverte de mouches. J'évoque comme toujours (au moins la troisième fois ce mois-ci) la scène de l'autocar, les deux tueurs américains mitraillant toute la famille de Mexicains innocents et demandant ensuite à la cantonade : « Qui sont ces gens ? »

Sept heures. Priscilla et sa *room-mate* Johanna, rue des Archives. Appartement de filles propret, un peu étriqué. Avec mon gros ventre, ma capote et mes grandes bottes, je me cogne dans les meubles. Priscilla fume beaucoup. On boit du vin blanc, elle s'est remise avec JoeyStarr. Elle me raconte une histoire que m'avait déjà rapportée Raphaël mais que j'avais oubliée. À un dîner chez Lipp, elle était black-listée par X. (qui lui a craché au visage naguère au Flore), alors que A., son fiancé de l'époque, s'y était rendu pour une enveloppe de cinq mille euros. Réflexion de Priscilla, toujours spontanée : « Pour un million d'euros, il aurait été capable de me quitter. » Je lui réponds : « Même pour moins. »

Autre histoire amusante. À dîner, samedi, avec des amis de Johanna, un jeune dentiste a harcelé JoeyStarr à propos de ses dents. Il devait vouloir lui vendre plusieurs années de soins. L'autre n'en pouvait plus. J'imagine bien la scène. Priscilla me dit que les quatre dents qui lui restent sur le devant sont en fait un bridge. « Il m'a envoyé une photo sans le bridge : il n'y a plus rien. » Autre histoire plus triste, celle de W., qui vit square du Roule chez Y. Il paraît qu'elle est complètement accro. « Elle n'arrive même plus à prendre l'avion pour aller voir ses enfants. » Je leur raconte que j'ai connu W. il y a vingt ans, toute jeune fille, attachée de presse de M., et aussi son mari, un fils de garagiste des Alpes-Maritimes si ma mémoire est bonne, qui aimait bien l'héroïne brune et les Ford Mustang. La première fois que je suis passé square du Roule, elle est apparue vers trois heures du matin comme un fantôme, ou plutôt un zombie, vu sa couleur de peau. J'ai cru voir le Baron Samedi. Par ailleurs, elle est élégante, plus que jadis. C'est souvent le cas des toxicomanes.

Neuf heures et demie. Dîner avec Paquita et son copain Octavio Cohen-Escali chez Flower. Je bois beaucoup ; Octavio, ami de Johnny Thunders et de Maria Schneider, ex-amant de Patti D'Arbanville et d'Anita Pallenberg, me donne son manuscrit. À plus de soixante ans, il est toujours beau, dans le style junkie. Il a les lunettes de Michael Zemmour, le sourire de son presque homonyme Marc Ascoli et la silhouette de Johnny Thunders. Dehors, c'est la fin du monde, tempête de neige, de verglas, de je ne sais quoi. Plus rien ne circule, même pas les dealers. Jean-Baptiste m'appelle, mais je n'irai pas chez lui. Je mets un temps fou à rentrer à pied avec Flower.

Mercredi 13 mars. – Dispute avec Flower. Depuis trois jours, je lui sers de dame de compagnie, lui préparant ses médicaments. À cet effet, elle m'a déniché une de ces chemises de nuit qu'elle fait fabriquer à Bangkok, mi-sari mi-djellaba. En dépit du col orné de petites dentelles, elle m'affirme que les hommes aussi portent ce genre de choses. C'est le retour à la mode unisexe. Je ressemble au Grand Méchant Loup. Elle, sous prétexte qu'elle a froid reste habillée dans le lit en jeans, chaussettes et pull, tout juste si elle enlève ses baskets dorées Chanel.

Le troisième soir, j'ai jeté la nuisette aux orties et j'ai préféré dîner avec Pierre Le-Tan, Frédo Chaleil et Jean-Marie Delbes. Visite de Jean-Claude, drogue partie jusqu'à quatre heures et demie chez Pierre. Je rentre chez moi assez démoli, le téléphone rempli de messages d'injures. Va savoir pourquoi, Flower m'accuse de coucher avec Camille. Il semblerait que Flower ait pris une ambulance et se soit rendue à l'hôpital (une clinique, en fait, que je soupçonne d'appartenir à la famille de son ex). Tout ça pour un gros rhume. Je ne dors pas, me tournant et me retournant dans le lit défait. J'envisage un moment de me pendre à la mezzanine avec la ceinture de mon peignoir. Je n'ai plus d'argent, beaucoup d'ennemis, plus vraiment le courage d'affronter Natacha et Belinda Rouhen, pas plus que les impôts, la sécurité sociale ou la banque. Je pense à ce pauvre François Baudot. Il m'a valu un nouvel ennemi, la fondatrice d'*Égoïste*, Nicole Wisniak. Elle a dit à Vincent Darré que mon livre était abominable à cause de ce que j'ai écrit sur Baudot (je n'ai fait que rapporter les ragots de Pierre, avant de lui tresser une assez jolie couronne). Je soupçonne que Dantzig ait pris pareillement ce que j'ai écrit sur lui. On confond toujours la méchanceté et la sincérité. Seul baume : un texto de Camille B.W. Elle est à New York, elle pense à moi. J'aimerais bien qu'elle soit là pour l'embrasser. Du coup, ça va un peu mieux quelques minutes.

Jeudi 14 mars. – Journée assez douloureuse. Totalement détruit par le produit de Jean-Claude, je me laisse prendre en main par Caroline, qui m'emmène déjeuner dans un restaurant chinois avant d'arriver à ses fins, une partie de jambes en l'air. Le coït me remet en forme et je décide d'affronter la soirée du Cercle chez Beigbeder. Un texto d'Alice d'Andigné m'annonce que Teresa veut m'appeler demain matin, du coup je vais faire des courses chez Monoprix.

Rendez-vous chez Pierre avec Raphaël qui vient lui

commander des illustrations (le portrait de Jean-Jacques pour *Vanity Fair*). On fait venir un nouveau dealer, Cédric, un plan de H., la jeune Libanaise avec qui je me suis battu à coups de bouteille au Montana voici quelques mois. J'ai encore des taches de son sang sur ma veste militaire.

Chez Frédéric, plutôt bonne soirée sans les amis habituels. Je parle avec Marin de Viry, Éric Neuhoff, Nelly Kaprièlian et tout une farandole d'inconnus (de moi). Frédéric me fait visiter sa salle de bains qui ressemble à celle de Whitney Houston (d'après lui). Les dégâts ne sont pas dus au crack mais à son sèche-cheveux qu'il a oublié d'éteindre après son brushing du matin. Du coup l'objet a fait une surchauffe, tournant comme une toupie sur la tablette du lavabo. Les produits de beauté de Lara sont projetés jusqu'au plafond. On dirait plutôt une scène de crime chez un travesti. En fin de soirée, complètement épuisé, je me réfugie dans le giron de Mademoiselle Agnès.

On va au Montana, je n'ai même pas le courage de descendre l'escalier. On reste en haut. Agnès me raccompagne gentiment dans son taxi. Elle me raconte qu'elle part demain en vacances avec Emmanuelle Alt et Mario Sorrenti. Nouveaux messages d'injures de Flower, fraîchement sortie de clinique. Elle va finir en psychiatrie, sans interprète, comme cette vieille Japonaise très chic que j'ai croisée circa 1988 dans le service Alzheimer où séjournait ma grand-mère, et qui se dégradait à petit feu, hurlant des insanités en anglais à des infirmières qui ne comprenaient rien. Dans une chambre voisine de celle de ma grand-mère, j'entendais, à chaque visite, une voix d'homme crier « au secours » à intervalles réguliers, comme ceux d'une alarme électronique. Je me souviens de ma dernière visite, quelques mois avant sa mort. Comme ma grand-mère ne reconnaissait personne, j'étais venu avec une inconnue : la petite Samara, jolie Cambodgienne déséquilibrée qui m'emmenait dormir dans le F4 de ses parents dans le Val-de-Marne et à qui j'ai piqué l'histoire des bébés tigres pour l'attribuer à Lilith, le travesti des *113 études*. Ma grand-mère, perdue dans son délire, l'avait montrée du doigt en disant : « Elle est jolie. » Qu'es-tu devenue, Samara ? La dernière fois que je t'ai vue, tu ornais de ta présence la plate-forme arrière d'un bus du côté du BHV, voilà presque trente ans.

Vendredi 15 mars. – Je me réveille vers onze heures. Teresa n'a pas appelé mais je m'en doutais. Encore des SMS d'insultes de Flower. Je vais déjeuner chez Yamamoto rue Chabanais avec Caroline. Puis gare du Nord. Les trains de Laon sont supprimés. Caroline veut m'accompagner mais j'appelle Benjamin Cuq. Je le rejoins à Saint-Ouen, dans son immeuble édifié en 2003 avec un *doorman* noir. Dans le hall, il y a des gens qui ont gravé près de l'ascenseur deux croix gammées et un sigle SS. Je remarque que l'ascenseur ne comporte pas de trappe pour un cercueil. On doit les descendre à pied comme celui de Brigitte Bardot dans *En cas de malheur* ou alors à la verticale. Ensuite, il suffit de secouer pour que le corps reprenne sa place naturelle. Peut-être qu'on ne monte plus les cercueils dans les appartements. À Saint-Ouen, tout doit se passer en funérarium.

Le soir, coup de téléphone de Dani. Il est en route pour JFK.

Le matin de sa première nuit à New York, au sortir d'une fête qu'il organisait, il s'est réveillé dans une maison inconnue, toute verte, murs et mobiliers compris. Il n'y avait personne. Aucune idée d'où il était. En partant il a pris un chapeau parce qu'il neigeait, la maison n'était pas à Manhattan. La route a été longue pour rentrer chez lui. Le soir il fait la porte au Baron. Un type arrive et lui dit : « Tiens, c'est mon chapeau. » Aucun des deux ne se souvenait de qui était l'autre. Dani espère qu'ils n'ont pas baisé.

J'ai dû faire croire à Flower qu'il n'y avait plus de train pour éviter qu'elle déboule en vue d'une réconciliation. Elle est capable de venir en taxi ou en ambulance. Je la calme en lui faisant miroiter une fête lundi. Elle n'aime pas trop quand je lui dis : « Tu sais, Flower, je crois qu'on ne s'entend bien tous les deux qu'en soirée. »

SMS de Camille. Elle rentre de New York et repart en Suisse après-demain faire des photos pour Hermès. Nous décidons de nous retrouver demain pour dîner. Avant de me coucher avec la bio de Sarah Bernhardt par Philippe Jullian, je regarde *Un drôle de paroissien* sur Ciné Classic. Très drôle. J'avais oublié que le clan d'aristos fauchés habitait place des Vosges. Bourvil me fait penser à une de ses maîtresses, Catherine Blankart, la meilleure amie de ma maman, fille de banquier suisse et dompteuse de fauves. Enfant, j'avais son affiche dans ma chambre, assise sur un lion, tout en Paco Rabanne. Sous le nom du Cirque

Bouglione, il y avait écrit : « Catherine Blankart, la dompteuse milliardaire. »

Dimanche 17 mars. – Je trouve dans la préface de *La Forme et l'Intelligible* de Robert Klein un anti-portrait de moi et de certains de mes amis :

> Jamais perfide, jamais indiscret, proprement incorruptible, généreux en silence, dépourvu de toute affectation à un degré qui ne se rencontre jamais, il traversait la vie, avec des malheurs et des complications sans nombre, dont il ne disait rien.

J'ai acheté ce livre hier aux Emmaüs de Rozières-sur-Crise, ainsi qu'un *Sartre et les arts*, numéro 24-25 d'*Obliques*, *Scénographie d'un tableau* (Jean-Louis Schefer) dans la vieille collection « Tel Quel » du Seuil et deux guides bleus, dont un que je possédais déjà (*La Hollande*). Je ne connaissais pas Robert Klein, juif d'origine hongroise, sectateur d'Husserl, mort jeune, qui m'a l'air d'un esprit intéressant. Spécialiste de la Renaissance, il a été l'élève ou l'assistant d'Augustin Renaudet, auteur d'un très bon livre sur Dante. Le « Tel Quel » ultra-structural est illisible, mais comme j'ai payé l'ensemble sept euros, il aurait été idiot de me priver. Dans le *Sartre et les arts* j'ai trouvé la photo d'un jeune acteur, Mathieu Klossowski, qui jouait dans l'adaptation au cinéma du *Mur* (Serge Roullet, 1967). Il s'agit à n'en pas douter du fils schizophrène dont m'avait parlé Pierre Klossowski. Il a le nez de son père. J'ai acheté aussi pour cinq euros une paire de chaussures de montagne (les mêmes que Tintin et le capitaine Haddock dans *Tintin au Tibet*.) Elles vont me permettre de composer une nouvelle silhouette pour mes promenades, je pense qu'elles s'apparieront bien aux vieux houseaux de cavalier en cuir stretch.

Dîner avec Camille B.W. chez Kaspia. Depuis trois ou quatre ans que nous nous connaissons, nous n'avions jamais dîné en tête à tête. Camille, qui porte une très jolie chevalière aux armes de Victoria Beckham, me dit que le défilé Hermès est un grand succès et que, du coup, elle a le trac pour la suite. Elle aime mon idée de traiter Sharon Tate exactement comme Jayne Mansfield, en refaisant le même livre au chapitre près. La description de la maison de Lavey par Susan Atkins par exemple reprise exactement à la même page. Ensuite, projet de vacances en Grèce pour nous cet été. Je raconte à Camille l'histoire du sèche-cheveux de Freddie. Nous nous étonnons tous les deux des hommes à sèche-cheveux. Elle me dit qu'un de ses amis critique culinaire au *Figaro* en utilise un. Nous en concluons que le sèche-cheveux pour homme, c'est très *Figaro*. La conversation dérive sur les lesbiennes. Camille me raconte qu'à chaque fois qu'elle couche avec une fille, celle-ci devient aussitôt possessive et jalouse, ce qu'elle ne comprend pas, car elle considère les filles comme des *one-shots*. Il me revient une histoire de prostituée au Japon, qu'elle et Jean-Marie m'avaient racontée autrefois. Deux filles, deux échecs : l'une ne voulait pas enlever son pantalon, l'autre pleurait sans discontinuer. La soirée semblait douce jusqu'au moment où Camille mit en ligne sur Instagram une photo de moi attablé devant un flacon de vodka dans l'attitude du penseur (ou de l'absinthe). Moins d'une demi-heure plus tard, SMS de Flower : « *Your are at Kispia I know !* » suivi assez vite de : « *You are with Camille, I'm going there, I'll kill you.* » Preuve une fois encore que les plus infidèles sont les plus jaloux.

Après quelques péripéties, Flower arrive chez Camille où nous nous sommes repliés pour recevoir Jean-Claude. Flower porte son joli blouson en peau retournée, une jupe noire et des chaussures Louboutin couleur champagne. Elle pleure, grogne, pousse des petits cris. Son expression, la manière dont elle fait rouler ses yeux tout en dessinant des serpentins avec ses sourcils, la mimique appuyée de sa bouche aux coins baissés fait penser à un masque. On ne dirait pas une femme malheureuse, mais un diable du théâtre chinois ou une pleureuse de carnaval. C'est le moment que choisit Jean-Claude Dealer pour venir livrer sa marchandise. Toujours timide, entendant les bruits qui viennent du salon, Jean-Claude me fait une mimique interrogative. Je lui dis : « C'est rien, elles se battent », succès de misogynie facile, ça le fait rire. Je retrouve les filles qui chuchotent au salon, se tenant par les mains. Après quelques vodkas-tonic au petit bar de la rue Viollet-le-Duc, la tournure de la conversation devient plus cordiale. Flower, qui a la qualité de n'être pas du tout rancunière, redevient joyeuse. On repasse chez Camille pour un régime tisane/J.-C.

Les choses manquent de se gâter à quatre heures du matin, lorsque Flower insiste pour rentrer avec moi sous prétexte qu'elle doit libérer la nounou. J'aurais préféré rester chez Camille mais je me laisse diriger tout en faisant la tête. Rue de Turenne, la dispute va crescendo à mesure que les voix se baissent pour laisser dormir l'enfant. À la fin, à bout de nerfs, elle me chuchote avec véhémence : « *What do you really want with me, Simon* » à quoi je réponds d'un murmure rageur : « *I just want to have fun.* » Plus tard, vers six heures, je la b. sans ménagements, elle monte enfin rejoindre l'enfant, et je m'endors.

Dimanche 17 mars. – Huit heures du matin, je me sauve sur la pointe des pieds, laissant piailler l'enfant sur sa mère endormie. Métro jusqu'à Madeleine puis retour en voiture. Je ne roule pas trop vite, car je suis encore ivre.

Courses à Carrefour Market à Villers, engueulade téléphonique avec Caroline sur le parking. Je lave mon frigidaire, puis petit-déjeuner avec Léautaud. Nous n'avons pas la même vie, mais quelques points communs. Sauf que moi, j'ai une panthère allemande + un yéti thaïlandais sur les bras.

Léautaud me donne envie d'aller voir le livre de souvenirs sur la presse d'André Billy : *Un balcon au bord de l'eau*. Limité mais charmant. J'aime les portraits de gens oubliés :

> Maxime Serpeille avait à l'*Œuvre* un rôle ingrat : celui de recevoir et d'éconduire les raseurs. Ce vieux journaliste portait encore beau. Sa jolie moustache à la Bel-Ami, retroussée sur des dents éblouissantes, sa taille droite et bien cambrée, sa chevelure ondée, faisaient encore des ravages malgré ses soixante-dix ans sonnés. Il avait appartenu au *Petit Journal* et organisé les premières courses d'épreuves cyclistes sur route. Il avait épousé la seconde fille d'Arthur de Gobineau, Christine. Nous aimions en lui un représentant

du vieux journalisme et de l'époque où l'on se battait encore pour les beaux yeux d'une cocotte. Il était galant, il était courtois, il faisait preuve avec les importuns des deux sexes d'une invraisemblable patience. La fin de sa vie ne fut pas heureuse.

Christine de Gobineau était la grande sœur de Diane de Gobineau, la « princesse toquée » qui inspira de si jolies lettres à son père, avant de devenir danoise, bigote et de le laisser mourir seul et mendiant dans une chambre d'hôtel à Turin. Au fond, ma principale passion aura été d'observer les caractères. On me reproche souvent de n'aimer personne mais de fait, j'aime tout le monde. Des figurants obscurs des Bains Douches aux amis morts d'André Billy, du magazine *Détective* aux choix de mes amours et des amours de mes amours, du métro à *La Divine Comédie*, de la Sofres à Saint-Simon, des dealers aux rencontres de machines à café des bureaux, je n'ai fait que recueillir, recouper, classer des caractères. La psychologie, la capacité de comprendre l'autre (parfois pour le tromper, souvent pour le garder) est le meilleur de ma science et sans doute le bon côté de mon inlassable infidélité. Plus je vieillis, plus ma connaissance s'agrandit. Je m'attaque à des espèces redoutables ou à de minuscules souriceaux croisés dans les transports en commun. Des gens que je n'aurais pas remarqués avant, à l'époque où je regardais encore mon reflet dans les vitres de métro au long des tunnels, me passionnent.

(Ajouté le 4 avril.) En me réveillant ce matin, j'ouvre au hasard le Baudelaire qui se trouve sur ma table de nuit : *Le Spleen de Paris*.

> Ce que les hommes nomment amour est bien petit, bien restreint et bien faible, comparé à cette ineffable orgie, à cette sainte prostitution de l'âme qui se donne tout entière, poésie et charité, à l'imprévu qui se montre, à l'inconnu qui passe.

Je ne comprends pas qu'on se détourne de Baudelaire en vieillissant. Il gagne en profondeur.

Fin de soirée télé-vodka-sorbet citron, cigarettes Vogue (cadeau de Camille). Je regarde *The Graduate* de Mike Nichols, très bien vieilli. Cela tient au montage (rapide avec des raccourcis symboliques), aux acteurs (en particulier Dustin Hoffman), à la franchise épique des dialogues et surtout à la perfection esthétique à quoi atteint l'Amérique à ce moment-là. Les voitures, les coiffures, les piscines, la déco, les bronzages, le corps d'Anne Bancroft (qui m'évoque celui de Caroline) tout était parfait, immortel et fruité, fin années soixante en Californie. Je suis heureux d'y revenir bientôt pour Sharon Tate. En regardant du ciel Hoffman foncer sur le Golden Gate dans son spider Alfa-Roméo (le même que celui de Jean-Marc F., copain libanais maronite qui s'est jeté par la fenêtre de l'appartement de sa grand-mère place Victor-Hugo, circa 1986) je pense au parc automobile de Cielo Drive en ce matin du 9 août 1969 : la Pontiac Firebird de l'héritière Folger, la 911 noire de Jay Sebring, la Camaro SS prêtée par le garage à Sharon durant la réparation de la Ferrari. La même Ferrari que Polanski devait offrir au colonel Tate après le massacre. Toutes ces voitures sont visibles sur les photos aériennes prises par la police. Il faut que je retrouve ce que Paul Morand dit à la même époque sur sa Chevrolet Camaro dans son journal. Il faut aussi que je retrouve l'adresse d'un concessionnaire Ferrari à Bel Air.

Lundi 18 mars. – Toujours pas de nouvelles de Teresa. J'appelle les impôts pour réduire mes mensualités, et la banque pour mon découvert. Toutes mes réserves sont usées, je suis en cavalerie. C'est drôle, ça faisait trois ans que j'avais bien jonglé. Le manque d'argent donne de l'énergie, comme tout souci que l'écriture, cette drogue ultra-puissante, permet de combattre. Je ne travaille jamais si bien, je ne séduis jamais autant que quand je me sens acculé. Un psychiatre m'a expliqué un jour qu'on était fort quand on n'attachait aucune importance à ce que l'argent vous apporte, mais seulement à sa propre énergie. Rien à ficher de vendre ma maison, j'aime les cosaques, la politique de la terre brûlée, le corps à corps, dormir dans ma voiture. Je n'aime pas la paix. L'important c'est de continuer à être libre. Même si je n'ai pas un rond, j'irai en Californie fin avril ou début mai. J'ai besoin de revoir Camille V., la brume sur Malibu, Topanga Canyon, et les dimanches après-midi à Venice, des gens nouveaux, des corps. Ma dealeuse française, sosie de Pink, exerçant dans un parking d'immeuble du côté de Las Felices, me manque et toute cette merveilleuse solitude le matin sous un soleil doré.

Ce matin une lettre au courrier, de l'ancien chef de cabinet de Raymond Barre :

Cher Monsieur, cher compatriote,
J'ai eu le plaisir de dîner avec vos parents chez des amis communs. André Tarallo m'avait aussi recommandé votre livre, que votre éditeur a bien voulu me faire parvenir.
J'ai lu vos 113 articles avec admiration et un immense regret : celui de ne pas vous avoir connu plus tôt pour vous proposer d'écrire régulièrement dans *Commentaire* dont je vous fais parvenir quelques numéros.
Si, un jour, vous aviez un déjeuner de libre, je serais très heureux et très honoré de vous rencontrer.
Croyez, cher Monsieur et cher compatriote, à mes meilleurs sentiments.
Jean-Claude Casanova

À trois heures moins dix, en arrivant à la gare de Villers, je trouve un SMS d'Alice d'Andigné m'expliquant qu'il y a un audit sur les gros à-valoir donnés à des projets non rendus. Teresa « essaye » de trouver une solution et me rappelle « dès que ». C'est foutu. En courant pour attraper le train je glisse dans l'escalier et je manque de me blesser. En dix minutes, j'établis le plan d'une contre-offensive. J'attends une quinzaine de jours, et si je n'ai pas de nouvelles d'ici là, je leur envoie le manuscrit d'*Occident*, tel qu'il est. Un étrange récit de cent trente pages.

Vu la qualité de mon essai et le retentissement qu'il a eu, la réduction d'un gros roman que je n'écrirai jamais à un récit me paraît honnête. L'affaire sera soldée, que ça leur plaise ou non. Les 105 000 euros touchés pour les deux projets sont certes totalement disproportionnés par rapport aux ventes que je suppose misérables des *113 études*, mais qu'est-ce que les ventes par rapport à une réputation littéraire ? La mienne est bonne, tant pis si Flammarion n'a plus les moyens de se l'attacher. Ne vendant pas ou peu, piquant de bons à-valoir (200 000 euros l'année dernière, hors Flammarion), j'ai toujours eu conscience que mon sort était particulièrement précaire. C'est un paradoxe commun qu'en arrivant à mes fins (la réputation que m'a apporté *113*), j'ai atteint la limite de mon système de surenchère. Le dernier coup de poker possible, c'est d'annoncer à la cantonade mon départ de chez Flammarion. Peut-être que Teresa me retiendra (elle connaît la méthode), peut-être que non.

En arrivant, je baise Caroline à Strasbourg-Saint-Denis, elle attendait comme toujours des mots d'amour. Pour seul compliment elle récolte un : « Toi, il ne faut pas t'en promettre. » On est loin de Roméo et Juliette. Elle est très belle en ce moment, on dirait une héroïne de Drieu. Alexandra Stewart a cinquante ans. C'est elle qui va payer le loyer de mon nouvel appartement. Du coup elle est persuadée que je couche avec elle uniquement pour ça. Connaissant les femmes, ça doit l'exciter.

Plus tard vin blanc tout seul aux Saints-Pères. J'ai Jean-Baptiste au téléphone qui revient du Maroc, et Dani qui a l'air mal et seul dans son restaurant bondé de l'avenue George-V. Flower très amoureuse me rejoint au Flore, on boit des verres. Elle veut essayer Lipp, je l'emmène, bonne table. Ça ne lui plaît pas, on s'en va. Direction Orient Extrême, le bar. Comme elle connaît les patrons, nous dînons somptueusement pour soixante-six euros. Je la regarde, elle a perdu trois kilos dans ses histoires d'ambulance. C'est un vrai guépard. Je l'écoute jacasser sa langue avec les cuisiniers. Coup de téléphone de YazBukey. Yaz doit indiquer à un journal ses cinq livres préférés et comme elle n'en a jamais lu un seul, elle me demande conseil. Je répète cette histoire à Flower qui s'exclame : « *Reading books is very boring, no ?* » Ensuite elle me demande si j'ai déjà roulé des pelles à Yaz, je lui réponds oui. Sourcils froncés, elle déplore que j'embrasse ainsi tout le monde. Puis taxi direction Miss Kô avenue George-V. Horrible, comme prévu. Le pauvre Dani, la face figée par la drogue, s'est fait voler son sac à main (la petite pochette qu'il serre sous son bras quand il danse). Dedans il avait « toute ma vie mon chéri » et quelques bijoux supplémentaires. Autour, une foule de gens que je ne connais pas et une décoration monstrueuse. Nous nous apprêtons à repartir quand un taxi s'arrête pour déposer quelqu'un, c'est Fabrice Gaignault. On lui explique la situation. Il décide de filer avec nous en direction du Flore.

Fabrice me raconte qu'il est en contact avec Kenneth Anger et Bobby Beausoleil. La femme que Bobby avait épousée en prison vient de mourir. Je lui apprends qu'il existe un entretien entre Warhol et Capote où il est question de Bobby. Nous parlons boutique. Flower lève un instant le nez de Facebook et lui montre des photos de sa *beach house* de Krabi en Thaïlande. Fabrice me dit qu'il a aussi un projet de livre sur Vince Taylor. Je lui parle de Ding Dong le dernier manager de Vince, amant d'Eva H. Eva H. qui était une jolie fille un peu salope à grandes boucles d'oreilles, comme ses copines Sioban, nièce de Robert Taylor et Renée Zachmann, femme du photographe Lawrence

Zachmann. Son officiel était un bijoutier fils à papa surnommé Kung Fu. Eva H. avait donc deux hommes dans sa vie, tous deux avec de drôles de noms : Ding Dong et Kung Fu…

No Montana, le Flore est trop désert. En partant je dis à Flower : « *Darling, you look drunk.* » Fabrice s'indigne : « Ce ne sont pas des choses qu'on dit à une femme. »

Mardi 19 mars. – Réveil difficile mais très vivant. Étrange sentiment : je suis anxieux à cause de l'argent, de l'inconfort de ma situation, du risque que constitue *Vanity Fair* et aussi du choix que j'ai fait d'une femme si difficile. Pourtant je suis heureux, plus que je ne l'ai jamais été. Le fait d'être ainsi jeté en avant et de devoir diriger ma vie chaque jour au jugé m'apporte une paix intime plus solide que les situations confortables que j'ai pu connaître. Mon seul point fixe, en dehors de ma maison, c'est moi-même. Le savoir et s'y fier est une force.

Coup de téléphone de Pierre. Il m'annonce que j'ai un nouveau lecteur : le prince Carlos d'Arenberg. Il l'a appelé ce matin pour lui dire avec un très curieux accent mi-gratin mi-titi que le mélange entre Barrès et les travestis des boulevards était « forrmidéble ». Ils ont convenu de se voir en « évril ».

Déjeuner chez Thiou quai d'Orsay avec Natacha Rouhen. J'ai trois minutes d'avance. On me place à sa table habituelle, un recoin derrière l'entrée. Invisible de l'extérieur. Quand elle arrive, à l'heure précise, en t-shirt et jeans, évidemment très coiffée, elle me confirme d'une voix plus âgée qu'elle, maniérée mais vive : « Oui, les recoins, c'est mon genre. » Je pense à une petite araignée d'angle, avec ce masque blanc, ces faux cils et cette curieuse face ronde. Très vite elle lance ses fils autour de moi, un peu inquiète de sa prise. Pour la rassurer, je sors mon cahier de notes, ce qui la met dans une posture qu'elle connaît. Sa narration entrecoupée de « Vous savez, Simon » (avec cette manière agaçante qu'ont les commerciaux de répéter votre prénom), est d'une grande précision triviale. Bon sens de l'anecdote, distance presque trouble par rapport aux sentiments. Le désir de contrôle est si fort qu'elle parle de sa vie avec la froideur et la précision de détail des enfants. Elle m'explique que, petite fille, elle était amoureuse de Jean Tissier dans le rôle du fakir Lalah-Poor dans *L'assassin habite au 21*. À quatorze ans, quand elle rencontre Barnum pour la première fois en compagnie de sa sœur Belinda, elle croit voir Lalah-Poor. À dix-huit ans, seconde rencontre avec B., rue de Grenelle, devant chez lui. Elle sortait d'un restaurant italien où elle déjeunait avec Nicole Wisniak. « Vous savez, Simon, ça a été un coup de foudre. » Ensuite elle se rend au Père-Lachaise sur la tombe de son grand-père, le général Rouhen, et prie pour le revoir : « Le bon Dieu m'a entendue. » Premier déjeuner d'amoureux : « On a commandé des radis, et il m'a pris la main. » Elle n'est pas comique, elle est drôle. La confluence entre l'exhibitionnisme et le goût du secret donne de l'excentricité à sa conversation. De même que les écarts de langage : « Ma mère s'est tirée », « Marcel avait sauté la mère de Barnum », ou les précisions impudiques : « Quand j'ai rencontré Frédéric, je n'étais plus vierge mais presque » donne à cette personne éthérée un air un peu radasse. On dirait une vendeuse de prêt-à-porter qui aurait été transformée en princesse d'un coup de baguette magique. Des fées qui se sont penchées sur elle, elle a gardé l'air effrayé d'une jeteuse de sorts sur le point de se faire prendre. Quand je lui dis franchement que ce mariage d'une fille de vingt ans avec un homosexuel d'âge mûr est étonnant, elle me jette un regard blanc : « Je pense qu'à l'époque j'avais très peur des hommes, à cause de Marcel, qui était un père charmant mais qui m'a donné une mauvaise opinion du sexe masculin. » Je l'interroge sur son mariage, elle me parle d'une fête chez Castel organisée par l'attachée de presse Tony Krantz. Elle n'a pas gardé un bon souvenir de sa toilette. « Une robe affreuse en taffetas vert, il est mort Tan Giudicelli ? » La vie de bohême qu'elle a connue rue de Grenelle avec son vieux mari l'amuse après coup : « S'il n'avait pas été joueur il aurait eu de l'argent, mais on a dû vendre une grande broche en émeraude et diamant, un cadeau de tante Biquette. Pour payer l'électricité, il était obligé de se produire au cabaret le Don Camilo avec Dadzu et les Frères Ennemis. J'ai assisté à la disparition de Teddy Vrignault. » La fréquentation d'hommes beaucoup plus âgés qu'elle lui donne par moments l'air vieillot. Je lui demande la date de son mariage, elle me répond qu'elle ne sait pas. Je lance 1981. Elle confirme. Vérification faite sur le site généalogique des Goldet : c'est faux, la date du mariage de Natacha Rouhen (1959) et de Frédéric Max Barnum (1936) est 1982. Sachant qu'elle a eu dix-huit ans le 25 avril 1977, il y a donc cinq ans d'écart entre le présumé coup de foudre et les noces. Du mariage je saute à l'enterrement. Si elle a peu de mémoire sur les dates, elle a aussi du mal avec les églises. Finalement, le nom lui revient c'est Saint-François-Xavier, paroisse dont dépendait le domicile du défunt. Je lui demande pourquoi sa sœur Belinda n'était pas à la cérémonie. Elle hésite, visiblement méfiante, puis m'affirme qu'elle y était. Un mensonge. Son goût de la précision s'affirme encore davantage lorsqu'il s'agit de décrire les maladies et les agonies. Elle emploie des mots de médecin ou d'infirmière. Les métastases du cancer de la prostate non soigné de Barnum sont décrites avec la précision savante d'un traité d'urologie. À ce moment, elle ne me regarde plus. Ses yeux se perdent sur la banquette où elle a posé sa jambe, dans une posture d'enfant gâtée qui a beaucoup traîné avec des adultes dans les bons restaurants.

Plus tard, vernissage de Vincent Darré chez Passebon. Étaient présents : Françoise Picoli, YazBukey, Marie Marot, Olivier Zahm, Natacha Ramsay-Levi, Thadée Klossowski, Micheline Maus, Philippe Collin, Naf, Anna Vivante, Jean-Pierre Godeau et sa mère, Françoise Dumas, Fifi Chachnil, Pascale Laurent, Colombe Pringle, Franceline Prat, Lucien Pagès, Bernard Chapuis, Jean-Jacques Schuhl, Flower, Albina du Boisrouvray, Dominique Issermann, Patrick Sarfati, Jean-Pascal Billaud, Bernard-Henri Lévy, Arielle Dombasle, Jean-Paul Enthoven, Marie Rucki, Susi Wyss, Paquita Paquin, Marie-France Boyer, Jacques Grange, Pierre Passebon, Farida Khelfa, Henri Seydoux, Inès de la Fressange, Mathilde Favier, Victoire de Castellane, Marie Beltrami, Catherine Baba, Valérie Lemercier, Paolo Calia, Laure de Beauvau, Francis Dorléans et Damien, Virginie Thévenet et Jacques de Guinsburg.

Pierre Bergé et Christine Orban étaient partis avant que nous arrivions.

Puis, dîner à la brasserie du coin avec Vincent Darré, Pierre Passebon, Jacques Grange, Paquita Paquin, Marie Beltrami, Flower, Valérie Lemercier et Pierre Le Tan.

Vendredi 21 mars. – Rendez-vous chez *Vanity Fair* à midi. Je me réveille à la campagne en bottes dans mon lit me croyant à Paris avec un rendez-vous à la Maison de la Radio. Il est neuf heures et demie. J'ai le choix entre la douche ou le café. Je choisis la douche. Le téléphone sonne, c'est Caroline qui m'a laissé un SMS : « J'appelle les pompiers. » Il semblerait que je lui ai envoyé un SMS « Viva la muerte » à six heures trente. Je vérifie, c'est faux, le SMS est parti hier soir à vingt-trois heures trente. Ça veut dire qu'elle a coupé son téléphone pendant la nuit (pour jouer les épouses parfaites) et que le message s'est affiché quand la messagerie a été réactivée. Depuis la *suicide story* de juin, on dérange beaucoup les pompiers dans les SMS.

Arrivé à Paris, dans le métro, coup de téléphone de Marie Beltrami : « N'appelle pas Zizou 2013, il est en vacances, il joue au ballon. » J'en déduis que le dealer de Dani est en prison. Café au Saint-Augustin, puis *Vanity Fair*.

Virginie Mouzat, jolie en talons et jeans m'accueille avec un de ces compliments dont elle a le secret : « Parfois il est intelligent avant d'être élégant, mais aujourd'hui il est élégant avant d'être intelligent. » C'est vrai que j'ai dormi une heure.

Quelques échanges avec Anne Boulay qui lit les conseils

minceur de *Elle* « Comment perdre 3 kg ». Puis café sur le balcon avec Virginie, Raphaël et Olivier Bouchara qui revient d'Israël.

Virginie nous raconte que son psy lui a appris qu'il ne fallait pas « personnaliser » le passé. Je fais la traduction : « Ça veut dire qu'il ne faut pas parler de ses ex ? » Réponse affirmative. « Et il a attendu dix ans pour te révéler ça ? »

Déjeuner en face de Chez Georges avec Caroline et Éric Neuhoff. Ils parlent de l'époque (1980) où ils allaient ensemble au théâtre porno (pas *Les Deux Boules*, l'autre). On rit beaucoup.

Thé au champagne avec Schuhl et Nelly Kaprièlian. Nelly raconte qu'elle a acheté un manteau rouge à la vente Garbo et que le premier soir, elle se réveillait la nuit pour le regarder. Jean-Jacques lui dit qu'elle devrait écrire plus sur la mode, qu'elle le fait très bien.

Samedi 22 mars. – Hier soir, dîner avec Raphaël et Flower chez Yamamoto. Au début du dîner, sans aucune raison, Flower a injurié Raphaël : « *You look awful. You are so vulgar. I hate gay people.* » Or, Flower ne connaît que des homosexuels et Raphaël est un de nos meilleurs amis. Juste avant l'explosion, j'ai vu dans ses yeux qu'elle devenait amok. Après l'explosion, je lui ai demandé si elle plaisantait. Elle m'a dit que non, alors j'ai lancé mes baguettes dans sa direction et je lui ai crié en français : « Dégage connasse. » Elle est partie. Nous avons continué à rire et à boire avec Raphaël comme si de rien n'était. À deux heures je suis rentré chez Flower. « *Momolove ?* » « *Yes ?* » « *You know I am fat. I eat chips alone at* Café de Flore. »

Dimanche 23 mars. – Élégante phrase trouvée dans Voltaire, *Le Siècle de Louis XIV*, p. 104 de l'édition Charpentier, 1858 :

> Le pensionnaire Jean de Witt avait voulu corriger cet abus, mais il ne l'avait pas assez voulu ; et ce fut une des grandes fautes de ce républicain.

Tout est pertinent : la répétition du verbe vouloir (au lieu de corriger), l'usage du point-virgule avant le « et ».

Hier soir les très gratins X. sont venus dîner à la campagne. Mme X. avait de jolies chaussures, ses jeans lui faisaient de belles fesses. Vers onze heures, aller-retour en *go fast* à Paris dans leur quatre-quatre. Karima Dealer (une heure à poireauter à la brasserie Nord-Sud, puis dans le froid). Tapage nocturne (deux grammes, une bouteille de Mercurey et trois bouteilles de champagne). Monsieur X. parle de Virginie Mouzat, qui était témoin de Mme X. à leur mariage : « Elle vient d'un milieu assez modeste » puis de son voisin de Neuilly, le duc de Luynes qui a du mal à entretenir le château de Dampierre : « Une horreur. » On boit, on tape, on discute jusqu'à quatre heures du matin, heure à laquelle ils vont s'isoler pour baiser dans la chambre zéro. Moi je continue jusqu'à l'aube au vin rouge en écoutant

Sympathy for the Devil sur un 33-tours rayé que je possède depuis bientôt quarante ans.

Le matin, les X. s'éclipsent pendant que je vais chercher Flower et son fils au train de 10 h 35. De retour à la maison, je soupçonne (à tort) que les X. ont emporté les draps et les taies d'oreiller (en fait je les retrouverai dans le bac à linge). J'appelle le portable de Mme X. en hurlant : « Rendez-moi l'argenterie ! » Hurlements de rire. Cela fait cinq nuits sans trop de sommeil à mon passif.

Déjeuner à l'auberge. Flower, qui ne parle que très rarement de sa mère, me raconte la dernière fois qu'elle l'a revue. Elle avait dix-sept ans et elle avait besoin d'un passeport. Elle a retrouvé à Bangkok celle qui l'avait abandonnée douze ans plus tôt. « *She picked the money in my hands like an animal.* » « *You know : she had no money at all.* » Je lui demande combien de temps a duré l'entrevue. Elle me dit qu'elles sont restées ensemble trois jours. Qu'elle se blottissait contre sa mère comme une fillette de cinq ans, et qu'au bout de trois jours, elle est partie parce qu'elle n'en pouvait plus. « *It was not possible.* » Ça me fait penser à Léautaud à Calais, et aussi à Michael Zemmour qui, après l'assassinat de son père à Miami, avait retrouvé sa mère clocharde à Asnières. Je fais remarquer à Flower que cinq ans était son âge quand sa mère est partie.

SMS de Caroline vers dix-sept heures : « Tu vas crever seul, vraiment tout seul. » Si ça pouvait être vrai ! Quand j'ai fait un infarctus, il y a deux ans, je suis parti dans la forêt sous la neige. Je sentais la douleur dans mon dos, mon épaule et mon bras et j'étais exalté. Je voulais être seul dans la nature. Je n'avais même pas pris un livre.

Flower regrette l'époque (Hong Kong, circa 1998) où elle avait une BMW noire série 7 et un chauffeur. Je lui apprends que je peux trouver la même voiture en Allemagne et pour moins de trois mille euros. Il reste le chauffeur. Flower me répond que ça n'est pas un souci, elle a dans son réseau d'esclaves pas mal de types prêts à jouer les chauffeurs pour une misère. En attendant je la dépose à la gare de Longpont. Comme elle a payé les crêpes au chocolat et la glace à l'auberge au lieu de mettre tout sur mon compte, elle n'a plus un rond et pas de papiers. Je lui donne les trois euros qui me restent et je lui conseille d'en parler au contrôleur avant qu'il ne vienne la voir. Je dis au revoir à son fils qui me surnomme désormais : « Cap'taine Haddock ». Trois jours plus tôt, en regardant mon portrait par Jean-Baptiste Huynh, Descott m'a comparé au capitaine Achab. Je lui ai dit : « Oui, mais moi je poursuis la baleine jaune. »

J'ai X. au téléphone, il me confirme que la famille de Z., la fiancée de Y., a beaucoup d'argent. Ce sont des patriciens genevois, protestants. Il a eu l'information par sa sœur, mariée à Genève avec un La Rochefoucauld qui travaille dans la finance. Ce genre d'informations passionne X., un travers familial. Je lui rapporte la réflexion de Capucine au déjeuner de l'autre jour chez Lipp : « Tu sais chéri, fais attention, il y a des Suisses pauvres ! »

Je regarde *King Kong* dans la version de Schoedsack, la scène de flirt sur le pont du navire entre Fay Wray et Bruce Cabot est très sexuelle, Fay Wray n'a pas l'air farouche. Quatre-vingts ans après, elle est toujours excitante, on comprend le gorille et le tyrannosaure. Je crois me souvenir (*Hollywood Babylon 2*) que son chevalier-servant, Bruce Cabot (quel nom), était pédé. Comme quoi, ce sont nos amoureux officiels qui nous désirent le moins.

Lundi 25 mars. – Dix heures de sommeil. Réveil plein d'ardeur. Toute la matinée est consacrée à un mélange d'écriture et de tâches pratiques. Samedi j'ai retrouvé le nom de la maîtresse de Marcel Rouhen : Dominique M. Le Seuil me donne son numéro de portable en Italie : je l'appelle au culot, une bonne voix. Elle me répond : « Je ne vais pas pouvoir vous aider beaucoup, je ne fais pas partie du clan. Moi, j'étais la poule de Rouhen. » À l'écouter, elle est partie en Italie juste après la mort de Marcel « pour échapper à tout ça ». D'après mes sources, elle ne serait pas partie sans rien. Elle me confirme que les deux sœurs sont fâchées à mort. « Une histoire banale d'héritage : il y en a une qui croit que l'autre a été mieux servie. » Elle est drôle mais je sens qu'elle ne lâchera pas grand-chose. Cela n'est pas grave, je me servirai d'elle pour énerver Belinda, et peut-être la faire sortir de ses gonds.

Sinon j'arrange un dîner avec Camille de Los Angeles et Clovis chez Flower.

Je laisse un message à Gilles Cohen-Solal pour essayer d'approcher Jean d'Ormesson. Il ne me rappellera jamais.

Caroline qui a déjeuné avec Valérie Solvit au Montalembert m'apporte une moisson d'informations. D'après Solvit, Belinda et Natacha sont bien fâchées à mort. Caroline me promet pour demain le numéro de Françoise d'Ormesson, de Belinda Rouhen et de Christine Orban.

Jeudi 28 mars. – « *I am perdu* », dit Byron quand il fut ruiné. Le souci crée un brouillard qui rend la conscience de soi presque impossible. Les ennuis d'argent qui m'ont poursuivi depuis mardi ne me rendent pas malheureux. Je dirais même le contraire, mais ils dévaluent l'intérêt que je me porte à moi-même. Pour une fois, je n'ai plus envie de parler de moi comme si j'avais perdu de l'intérêt à mes propres yeux.

Hier au Louvre, sortant d'histoires de banque, avant d'aller déjeuner et de retourner à mes soucis pratiques, je suis passé par la porte des Lions et je suis monté jusqu'à la petite salle de peinture anglaise à l'extrémité du Pavillon de Flore. D'abord le Füssli que je connais si bien, puis, tout au fond, gardienne des extrémités, le très beau *Portrait de lady Alston* par Gainsborough. Avec un cadre très orné, prévu pour un portrait de la Pompadour, ancienne collection Rothschild.

Je reconnais les bracelets de velours noir à la mode au début du règne de George III, peint aussi par Reynolds, dont j'ai parlé dans un article sur Tilly. C'est la première peinture du musée que je regarde, dans cet état d'émotivité extrême qui ressemble à la première lecture du réveil, au matin, quand j'ai l'impression que les livres me parlent plus intimement. Cette présence, qui n'est pas celle de lady Alston mais celle de l'artiste, est consolatrice. Une fenêtre qu'on ouvre le matin sur la campagne. C'est un appui, un souffle, une compagnie tirée de l'au-delà. Ayant essayé en vain de peindre pendant plus de dix ans, je sais quelle conjonction d'efforts réussis, une bataille contre mille erreurs et insensibilités, est nécessaire à ce qui se dresse devant moi. Goya, Vélasquez ou Philippe de Champaigne, mais aussi Lawrence, Reynolds ou Gainsborough, savent incarner les figures mieux que d'autres peintres. Cette femme qui est debout devant moi, et dont la personnalité m'importe peu, pas plus que je n'aurais eu de valeur à ses yeux avant qu'elle redevienne poussière, m'apporte plus de soutien, plus de dignité que toute parole amicale ou amoureuse. C'est l'homme qui l'a peinte, mort lui aussi, qui me montre à chaque instant à quel point l'effort peut donner naissance, non à l'éternité, mais à une présence plus durable que la vie, dont la portée dépasse la vie de celui qui s'y est consacré. Sauf accident, ce sont des centaines d'années de réconfort accordé aux autres qui se jouent dans une bataille réussie.

C'est en ça que l'art est moral.

Avant-hier, toujours en plein trouble, rendez-vous à cinq heures de l'après-midi au Nord-Sud avec Marie-France. Elle est arrivée à l'heure exacte. Pull rose, jeans, lunettes noires et chihuahua sous le bras. Le chihuahua s'appelle Lili. C'est une belle femelle de plus de deux kilos et, voilà qui tombe bien, un cadeau de Natacha Rouhen. Marie-France commande un décaféiné, elle a l'accent snob, une excellente mémoire et un éclat rieur (pervers ?) dans le regard qui perce les verres de ses lunettes fumées marron clair. Je lui demande la date de sa première rencontre avec Barnum. Elle me montre ses dents avec un petit coup d'œil en dessous et me dit : « Dans les années soixante… (un silence coupable…) chez Régine. » Elle m'explique que Barnum était un fan, qu'il était impressionné parce que Lucien Morisse (imprésario, mari de Dalida suicidé par balle en 1979) lui faisait la cour. « Frédéric était un être délicieux avec une petite voix nasillarde. » Ils se sont croisés à l'Alcazar jusqu'en 1969, puis au café des Artistes à Saint-Tropez, puis sur un passage clouté place Saint-Germain-des-Prés « entre le drugstore et le marchand de disques Vidal ». Pour glisser sur la case qui m'intéresse, je demande si, à cette époque, Barnum était déjà marié avec Patricia Goddet (alias Patricia Szabo), la sœur de Béatrice Schönberg, morte d'overdose au début des années quatre-vingts. Marie-France me répond qu'il était alors avec Alain Kan, son confrère de l'Alcazar (disparu dans le métro en 1990). Son mariage avec Patricia date de l'époque du Paradis Latin en 1976. Quand je parle de bisexualité, Marie-France me regarde avec commisération : « Frédéric allait là où ça brillait, il n'avait pas d'orientation sexuelle. » Quand je lui explique que mon sujet porte davantage sur les sœurs Rouhen, leurs mœurs, leur argent, leur dispute, que sur Frédéric Barnum, nouvel éclat derrière l'écran de verre marron clair. « J'ai très bien connu Natacha, j'en sais des vertes et des pas mûres que je ne répéterai pas ! » Je lui demande pourquoi. « Parce qu'on n'a pas le droit de parler de la vie privée des gens ! » Je lui raconte ce que N.R. m'a dit de Barnum, sa ressemblance avec le fakir Lalah-Poor. Elle me coupe l'air blasé : « Oui, oui, elle raconte toujours ça. » Entre Barnum et elle, l'attirance a survécu à de longues séparations. « En 1986, il a quitté l'Alcazar et il est parti ouvrir La Banane à

Saint-Barthélémy, on a cessé de se voir quelques années. » En 2001, retour à l'amitié d'antan pour le projet des Clérico d'ouvrir un cabaret dans une ancienne banque au 6, rue Taitbout. « Ils m'ont demandé d'être maîtresse de cérémonie. L'affiche était de Pierre et Gilles, les musiques de Frédéric, les costumes et les décors étaient déjà en fabrication quand ils ont tout arrêté. » À la suite de cette avanie, un rapprochement a eu lieu avec Barnum et Natacha Rouhen. « C'est Natacha qui a produit mon disque *Raretés* en 2006. Elle a payé en cash devant moi. » Je lui parle de sa générosité, elle acquiesce : « Natacha est très, très généreuse. Elle venait me chercher avec son chauffeur, nous allions faire du shopping. Elle m'a fait des centaines de cadeaux, surtout des bijoux. Je me les suis fait voler chez moi en août 2008, deux mois après les funérailles de Frédéric, un jour où j'étais sortie manger un croque-monsieur et où j'avais oublié les clés sur ma boîte aux lettres. Quand j'y pense, c'est peut-être un coup de Frédéric. » Marie-France croit aux fantômes. Quand je lui dis qu'Abel et Rouhen ont minimisé sa relation amoureuse avec Barnum, nouvel éclat de regard, moins rieur que les précédents : « Ah bon, ils ont dit ça. Pourtant Natacha m'appelait Mme Barnum, elle voulait que j'épouse Frédéric. Mais pour moi, Frédéric était plutôt un copain ou même une copine. Il en a souffert je crois. Natacha joue avec les gens qu'elle achète. Un jour, elle a voulu m'offrir un bijou : c'était des menottes. Mais moi on ne m'achète pas et on ne m'emprisonne pas, à toute cage dorée je préfère mon petit appartement de Montmartre. » Depuis l'enterrement de Barnum, Marie-France n'a plus jamais eu de nouvelles de Natacha Rouhen. « Ce n'est pas gentil, elle est la marraine de Lili, elle ne s'est jamais inquiétée d'elle. » Irritée par ce qu'elle considère comme de l'ingratitude, elle lâche deux histoires salaces sur elle, dont une concernant Claude Berri et un chien qui ne figure pas dans le livre d'hommage posthume écrit par N.R.

Vendredi 29 mars. – Encore une fois j'approche le bout du rouleau. Hier soir un cocktail au Titty Twister, une ancienne boîte sans nom de la rue de Berri. Vue la très jolie Alice, la blonde, qui me dit : « Je reviens de Colombie, je n'ai fait que boire de l'eau. » Je me souviens que Jean-Claude Dealer m'a raconté qu'Alice l'avait appelé sept fois en une nuit, (soit quatorze grammes) ce qui est beaucoup pour une fille de vingt ans. On convient de se réunir à la campagne pour une semaine de jeûne. « J'apporterai l'eau », me dit-elle.

Puis, dîner dans un libanais en sous-sol de l'avenue Raymond-Poincaré en face de chez Samir Traboulsi avec le marchand d'art S. La salle est vide. S. a changé de disque, il ne réclame plus toutes les deux secondes, comme la dernière fois que nous avons dîné au restaurant, un couteau pour se trancher la gorge, mais hurle aux murs qu'il a trois Morandi à vendre (à Traboulsi) : « DE LA MERDE !!! » Avec lui son escort boy, un jeune Grec au physique de contrôleur SNCF qui sent mauvais. S. se plaint trente ou quarante fois qu'on lui a volé au Titty Twister la pochette que lui a offerte Traboulsi. Il pleurniche puis il recommence à hurler : « DE LA MEEEERDE !!! » Nous sommes les derniers clients. Le garçon, un Libanais d'une cinquantaine d'années, en a tellement assez qu'il vient nous apporter la dernière bouteille de vin blanc en anorak avec un bonnet, sans doute pour nous signifier qu'on va fermer. Tout à l'heure au Titty Twister, Alice la blonde a ouvert grand ses yeux bleus et m'a demandé : « Où as-tu trouvé ces gens ? » J'ai répondu : « Je ne sais pas. »

Demi-finale au Baron avec les mêmes et des inconnus et Dani, très décolleté.

Puis finale vers sept heures aux Halles, au Pied de Cochon en tête à tête avec Dani. Je prends des os à moelle. Une soirée ratée qui se prolonge très tard est une soirée réussie.

Samedi 30 mars. – Acheté aux Emmaüs pour cinq euros *La science antique et médiévale,* premier tome de *L'histoire générale des sciences* éditée aux PUF en 1957. Parcouru un chapitre intéressant sur la science des listes en Mésopotamie ; *Poésies* d'Antonio Machado à la « nrf ». Joli poème sur la beauté gitane qui m'a fait penser une minute à Golconde ; *Un Allemand à Paris* de Gerhard Heller, le chef de la Propagandastaffel chargé de censurer les Lettres françaises pendant l'Occupation. Une tapette. Esprit sensible, banal, perfide. Prend plaisir à souligner le fanatisme des écrivains français qui trouvaient les Allemands trop tièdes. Les limites du personnage apparaissent dans le titre d'un des chapitres : *Mon maître Paulhan.* On dirait un journaliste français d'avant-guerre La niaiserie nazie n'est pas très différente de la niaiserie de leurs ennemis. Surtout les nazis « modérés », catégorie très large après-guerre pouvant s'ouvrir jusqu'au ministre de l'Armement, Albert Speer. Bien que camarade de jeunesse d'Horst Wessel, Heller met en avant sa modération, sûrement sincère. Tous ces mémoires de nazis humanistes sont trop ambigus. Je crois que je préfère Göring, il avait plus de goût.

Dimanche 31 mars. – Beau temps frais. L'abus de sommeil et la campagne me rendent bizarre à moins que ce ne soit Pâques. Ce matin je suis ému par le titre d'un livre de Jules Renard : *Le vigneron dans sa vigne*.

Très bonne étude des *Silves* de Stace dans l'*Histoire de la littérature latine* de René Pichon (1928). J'y retrouve le terme de *centon* (vers ou fragment de vers pris de quelque auteur). La poésie de Stace est faite de centons classiques et surtout virgiliens. Il faut que j'en parle à Schuhl qui aime bien introduire dans ses textes des emprunts directement découpés dans d'autres auteurs. (Un morceau de Philippe Roth enchâssé dans *Entrée des fantômes*). À en croire Littré, l'étymologie du mot le rattache à cento, terme italien (?) pour désigner une couverture faites de plusieurs morceaux de tissus différents. En fait, le goût du patchwork littéraire chez Jean-Jacques est assez hippie. Ça me fait penser aux vêtements faits de velours, de miroir, de passementerie et… de cheveux humains, œuvres de la famille Manson.

Par hasard, je parcours en accéléré un tome du journal de Julien Green (*La bouteille à la mer 1972-1976*). Il y est beaucoup question de la destruction de son immeuble rue de Varenne et des grands arbres qui se dressent encore aujourd'hui devant les fenêtres de Jean-Jacques (et qu'il déteste).

> *11 juin 1974.* – Tout à l'heure, rue de Varenne où Lévi-Strauss recevait son épée. J'ai été saisi de tristesse en revoyant les grands arbres que je connais si bien et qui m'ont rappelé des années de bonheur.

Encore un point de désaccord entre eux. Si ce pauvre Green savait qu'à l'emplacement même de son appartement un monstre jetterait un jour *Minuit* dans le vide-ordures.

Quelques bons passages :

> *8 juin 1974.* – Pensé à un portrait de jeune Anglais, par Raeburn, qui se trouve dans la salle à manger de Florence Gould, dans sa maison du Midi. On ne peut pas rêver un visage plus joli ni plus souriant. J'ai eu en dînant là plusieurs distractions causées par cette frimousse. Jean Denoël qui m'en parlait hier me disait que le jeune homme en question était devenu célèbre dans la magistrature à cause de sa férocité : c'était ce qu'on appelait un *hanging judge* (un juge pendeur).

Ou celui-ci en gigogne, journal dans le *Journal*, comme Claudel dans Morand ou Renard dans Léautaud :

> *20 août 1973.* – Augustin Thierry rendu aveugle par suite de ses mauvaises habitudes. Ce sont des énormités de ce genre qui jettent

> le discrédit sur le *Journal* des Goncourt que je dévorais tout jeune dans l'édition expurgée. On y trouve malgré tout des portraits saisissants de Napoléon III avec son regard lent, lourd et vague qui s'expliquait par la drogue, l'opium et tout ce qu'il lui fallait prendre pour supporter la douleur.

Comme c'est le cas pour Morand, les dates de ce journal m'évoquent mon propre passé. Juin 1973 – juin 1974 : époque ensoleillée de ma première adolescence, début de la présidence de Giscard d'Estaing, période poster de Snoopy dans les chambres des jeunes filles de la bourgeoisie, les filles en bas bleus et serre-tête de la rue Notre-Dame-des-Champs, puis les adolescentes blondes en short délavé des Salins à Saint-Tropez.

> *Sur la plage abandonnée*
> *Coquillages et crustacés*
> *Qui l'eût cru ! Déplorent la perte de l'été*
> *Qui depuis s'en est allé.*

Je me demande qui était le boyfriend de Brigitte Bardot à cette époque. Laurent Vergez ? Non, je crois qu'il date de 1975. Je verrais plutôt un sosie de François Cevert avec une cravate-foulard. Chaque année en juillet *Var Nice Matin* présentait le nouveau « chevalier servant » de Bardot. C'était une rubrique. Elle me passionnait. Je rêvais d'y figurer. Je me voyais foncer sur la route de la Belle Isnarde en Ferrari Dino comme Tony Curtis dans *Amicalement Vôtre*. Jean-Yves Le Fur m'a parlé une nuit du même rêve. Accompli chez lui, (pas avec Brigitte Bardot) et c'est ce qui me le rend attachant.

Autre passage du journal de Green, bonne appréhension de la terreur à l'âge classique (encore sensible chez Saint-Simon), datant sans doute de la préface à la correspondance de Surin chez Desclée de Brouwer :

> *6 mars 1973.* – Lecture du Père Surin. Ces hommes du XVIIe siècle avaient le don de provoquer l'inquiétude et de porter ensuite la terreur. Le ton est parfait, la phrase équilibrée, presque tranquille, épouvantable.

Autre lecture. Le catalogue de l'exposition Gainsborough au Grand Palais (1981). Je cherchais la notice du portrait de lady Alston (n° 25). Je découvre qu'il s'agit d'un des premiers tableaux que G. a peint à l'éclairage de la bougie (technique qui devait inspirer Kubrick pour *Barry Lyndon*). Dans l'introduction, bonne description de son atelier :

> Dans les années 1760, G. s'était mis à peindre à la lumière de la bougie dans le dessein de parvenir, tant dans ses portraits que dans ses paysages, à un sens plus large des masses et à un clair-obscur plus puissant. Son atelier, à cette époque, a été décrit comme un lieu où régnait une lumière crépusculaire dans laquelle le modèle et la toile à laquelle l'artiste travaillait étaient à peine visibles. Il mettait en place les valeurs et les proportions des traits caractéristiques en peignant dans cette lumière atténuée avec des brosses fixées à des bâtons de six pieds de long, et il se plaçait de façon à pouvoir toucher la toile à la distance exacte d'où il regardait son modèle.

Cette introduction est signée de John Hayes, directeur de la National Portrait Gallery. La traduction anonyme est élégante.

Flower, désireuse d'effacer les traces d'une nouvelle trahison (une coucherie à Venise avant-hier avec le fils de la propriétaire de l'hôtel Bauer), passe toute la journée de ce dimanche à ranger mon grand bureau-salon extrêmement poussiéreux et désordonné. Cette fille qui n'a jamais lu un livre (sauf, rappelons-le, *Roméo et Juliette*) est d'une délicatesse de main incomparable. Elle comprend mon désordre, le dépoussière en douceur et l'améliore sans le dénaturer. C'est une décoratrice-née, en témoigne son caboulot parisien (son restaurant de surfer comme dit Camille Bidault), pour moi d'un goût parfait. En regardant sa croupe s'agiter alors qu'elle manie l'aspirateur, je me dis que j'ai sans doute la plus belle femme de ménage de France.

Pour la récompenser je l'emmène faire du poney avec son fils puis je lui offre (sur mon ardoise cette fois-ci) une crêpe au chocolat et une glace à l'auberge. En rentrant de la gare, je suis heureux de retrouver mon bureau si bien rangé. Il y a de l'amour dans cette ordonnance, une forme simple, triviale d'amour, mais qui vaut bien mieux que de vaseuses explications. J'ai connu des maîtresses plus fidèles mais plus toxiques.

Charmants moments aussi avec Caroline au téléphone, gaie, primesautière, d'une grande fraîcheur d'esprit.

Lundi 1er avril. – Lundi de Pâques. Très bien dormi, hier soir j'ai essayé de regarder *Pulsions* de Brian de Palma. Je n'ai pas pu dépasser la scène des gants au musée. Trop fatigué, trop bu, il fallait que je me couche. Le film m'a paru l'œuvre d'un adolescent pervers. Avec Angie Dickinson (très joli corps) dans le rôle de la poupée mère. Je préfère nettement *Scarface*. Certains auteurs, trop fantaisistes, trop maniérés, ont besoin d'un scénario simpliste et du carcan hollywoodien.

Relu ce matin le chapitre sur Paulhan des mémoires de Gerhard Heller. Tout à fait changé d'avis. La même chose m'était arrivée avec Chardonne (j'en ai parlé dans un article). Je pense que l'Occupation, même chez moi, est un sujet passionnel. Il faut laisser passer la première impression, toujours fausse, et y revenir ensuite. Lorsque Heller parle de Paulhan, coupant la viande de Germaine, sa femme parkinsonienne, devant quatre-vingts personnes, au Meurice chez Florence Gould, les deux me plaisent beaucoup. Celui qui agit, et celui qui sait voir. La noblesse est là. Peut-être à cause de la paralysie qui allait le toucher après-guerre, Heller est sensible à une chevalerie que Proust n'aurait pas dédaignée. Honorer ses proches en public, au lieu de se sentir encombré ou d'avoir honte.

Par hasard, je retrouve Paulhan ce matin dans Léautaud, il a rajeuni de quinze ans, bonne description de l'agitation de son bureau à la « nrf » en 1927 :

> Il (Paulhan) m'a assuré que je me trompe absolument sur son caractère, en le voyant comme hésitant, tatillon, chercheur de petits détails, etc., et répété qu'il prendra tout ce que je lui apporterai, quels que soient les gens dont je puisse parler, ou la hardiesse de

> certains détails. Il m'a dit en terminant qu'il attend ma première *Gazette*, et, d'autre part, le « récit » (chapitre en question) pour la revue. Malgré cela je n'ai pas confiance. Je reste hésitant sur ce que je dois faire. De plus, des entretiens qui se passent ainsi, avec des appels au téléphone à chaque instant, une employée qui vient passer les noms de gens attendant leur tour, sont assommants. Pas moyen de dire vraiment ce qu'on a à dire. À chaque instant on est interrompu, et celui à qui on parle est distrait. On sort de là avec la sensation d'une chose complètement ratée.

Ce genre de scène, n'est jamais rendue nulle part, sauf peut-être (n'en déplaise à Léautaud) chez Flaubert. Avec trop de serré dans le style. L'amour-propre, l'impression de ne pas être traité comme il faut, malgré les efforts de l'autre, la timidité, la part d'hostilité qu'on rapporte au monde alors qu'elle vient de soi, tous ces motifs déprimants, quotidien du journaliste et de l'homme de lettres (qui explique, en partie au moins, le pessimisme et la soif d'égards ordinaires à ces professions) sont bien exprimés, dans le naturel d'une immense fresque quotidienne.

Mardi 2 avril. – Insomnie de trois heures à six heures du matin. Je poursuis le livre d'André Billy, *Le Balcon au bord de l'eau*. Portrait de Mac Orlan chez lui dans la vallée du Morin. Cette même vallée du Morin où j'avais visité pour Didine une si étrange maison datant des années 1820 avec un jardin en terrasses près d'une église, un petit pavillon polygonal et des caves gothiques sur deux ou trois étages. La maison était malheureusement abîmée par des rénovations. Une fois de plus, impression de fraternité morale à travers les années en lisant cela :

> Il dit son plaisir d'avoir quitté Paris et son appartement du Ranelagh qui n'avait jamais été d'ailleurs qu'un dépôt de livres juste assez spacieux pour qu'il puisse étendre les bras en dormant. Son goût de la solitude trouvait une satisfaction profonde dans ce patelin dont l'éloignement n'était pas tel, toutefois, qu'il ne pût au moindre signal venir traiter dans la capitale ses affaires d'édition et d'amitié.

Autres lieux, autre temps, l'évocation de la maison d'Édouard Dujardin, le *Val Changis* à Avon. Un jour de 1924, dîner en souvenir de Mallarmé :

> Un vent frais soufflait, le soleil brillait, une humidité pénétrante flottait sous les branches, des odeurs de moisissure s'élevaient du sol matelassé de feuilles mortes. Près du pont de Valvins existait un restaurant auquel on accédait par un petit escalier de pierre. Après la visite au cimetière de Samoreau, les admirateurs du poète s'y réunirent.

Là, c'est l'ombre de Caroline qui vient près de moi. Un jour d'hiver me revient. Il grésillait, le givre s'était fixé sur les branches. Nous avions vu les peintures du Rosso et du Primatice, seuls ou presque, dans le palais de Fontainebleau, un dimanche matin. Un autre jour, antérieur je crois, Caroline m'avait emmené dans sa maison de campagne. Son père était encore vivant, je me rappelle une veste posée sur une chaise et des gravures de chasse dont certaines ornent mon escalier aujourd'hui. Ce devait être l'hiver ou le début blond du printemps car les roses n'étaient pas fleuries.

Plus tard je descends dans la salle. Je ranime le feu et je regarde la lune à la jumelle. Je pense à Borgès et à ses mots sur « la lune qu'il ne peut plus partager », isolé dans le « brouillard jaunâtre » de la cécité. Lecture d'un livre sur la Renaissance du XIIe siècle. Il y est question de Laon et de *La Thébaïde* de Stace. Je vais lire la notice sur *La Thébaïde* dans mon *Histoire de la littérature latine*. Un des premiers livres français, *Le Roman de Thèbes*, est imité de Stace, qui lui-même imitait Virgile. Une pensée pour Mantegna qui contribua à redresser l'art occidental en copiant de mauvais bas-reliefs de sarcophages, comme ceux qu'on peut voir au Louvre ou aux Alyscans. Comme il arrive presque toujours dans l'enfance, le beau, l'imagination la plus haute, peut naître de spectacles médiocres. Il n'est nul besoin d'avoir vu le Parthénon ou lu l'*Iliade* dans le texte pour réussir des chefs-d'œuvre. Une mauvaise illustration d'un livre de Curwood, une émotion dans un parc, la voix d'un parent et la cristallisation se produira bien des années, longtemps cuite dans l'imagination comme dans la cornue d'une magicienne. Le fond de la poésie c'est le mystère, et l'enfance, si attentive, en est pleine. Je pense que mon goût pour les grisailles de Michel-Ange (les trois crucifixions) me vient d'une affreuse bande dessinée lue et relue dans *Le Journal de Tintin*.

Dans le train de Paris, les larmes me montent aux yeux en pensant à Flower, non à ses infidélités mais à l'idée qu'un jour je ne la verrai plus. Un chat qu'on a pris l'habitude de laisser sortir et qui un jour se fera écraser.

Mardi 2 avril. – Hier soir, j'oubliai, coup de téléphone de X. Il me demande ce que je pense de Philippe Sollers. Un peu étonné, je me lance dans une péroraison assez complète allant jusqu'à évoquer les entretiens avec Francis Ponge. Là, il m'interrompt pour m'avouer la vraie raison de son appel : un copain à lui s'est suicidé et il voudrait oublier. Je lui donne le numéro de Jean-Claude Dealer que je surnomme Jésus-Christ. Une heure plus tard, coup de téléphone de Jésus-Christ Dealer. Il est en berne place Pigalle. D'après lui X. serait « rue Maz'rine ». Le téléphone est coupé. J'explique à Jésus que la rue Mazarine ne se trouve pas dans le 9ᵉ arrondissement mais dans le 6ᵉ. Là-dessus, coup de téléphone de Flower, je lui raconte l'affaire. Elle me dit que X. est à l'hôtel Amour avec A. Je lui demande comment elle le sait, elle me dit qu'elle les a vus sur Instagram. Je rappelle Jésus pour le détromper de sa confusion entre la rue Mazarine et la rue de Navarin. Plus de Jésus. SMS de X., il pleurniche, son téléphone est détraqué, je lui donne le numéro de Karima Dealer.

Le lendemain, je trouve dans ma boîte mail une invitation pour l'ouverture d'une boutique Adidas patronnée par *Purple*. Si X. croit qu'il va s'en tirer comme ça… Je vais lui demander de me négocier ma chambre au Standard Hollywood comme l'année dernière.

Mercredi 3 avril. – Passé une partie de l'après-midi d'hier avec Caroline à arranger mon nouvel appartement. Le plus bel endroit que j'ai habité depuis que j'ai quitté mes parents en 1979. Malgré les soucis d'argent, je me sens très joyeux. Ce grand balcon ensoleillé, d'où on aperçoit la basilique Saint-Pierre de Montmartre, les toits de zinc, la salle de bains où l'Est parisien se découpe derrière une baie vitrée comme derrière un écran, tout cela donne une impression d'air et de liberté rare à Paris. Caroline est drôle, à cinquante ans passés, elle est restée la belle adolescente aux longues jambes, joyeuse et collé-monté de la rue des Vignes. Elle porte les cartons de livres comme un garçon, nettoie les chiottes avec l'ardeur hautaine d'une princesse russe, tout en parlant ce français parfait, taché de néologismes circa 1980, zozotant, et rapide comme un tir d'armes automatiques. Elle est heureuse de me voir de bonne humeur et de me faire plaisir en m'offrant le loyer de cet endroit. En l'entendant, je crois de moins en moins à la psychologie, et davantage à l'atavisme : il reste en elle, au loin, quelque chose de la vivacité cruelle, du cynisme de l'aïeul T., arrosé de la gaîté un peu folle, généreuse et bien frappée des Slaves.

À l'instant, coup de téléphone de D. Sa femme est liée avec Albine de La Forcade, mère de Priscilla. Il m'apprend qu'entre Priscilla et Leonardo di Caprio l'affaire était sérieuse. Leo ayant même fait venir sa propre mère à Paris pour les présentations. Là-dessus, accident de parcours : Priscilla qui sortait tranquillement en boîte avec Leo voit JoeyStarr danser avec une fille. Elle fonce sur lui et lui laboure le visage. Adieu Leo. Adieu

Joey, adieu veaux, vaches, cochons, cow-boys... D'après sa mère, Priscilla se trouve actuellement en Australie avec un photographe, en train de pleurer. J'en regretterais presque ma colocation de la rue des Archives.

Hier en fin d'après-midi, Radio Nova dans l'émission de David Blot avec Jean-Marie. J.-M. est retourné en ménage avec Camille Bidault. Du coup il a arrêté de lire *Le Nouveau Testament* (en édition Folio) pour se remettre à *Rouletabille*. J'ai choisi trois disques : une version de *Summertime* par Sharon Marie (1963), *Helter Skelter* des Beatles et un morceau du quatrième album de Lil' Kim. J.-M., qui m'avait fait écouter Sharon Marie il y a une dizaine d'années, lors de nos après-midi passées chez lui rue de Beaune volets fermés, J.-M. m'apprends que Sharon Marie était la fiancée de Mick Lowe (membre des Beach Boys et cousin des Wilson), d'où ce disque, unique 45-tours de la chanteuse produit chez Capitol par Brian Wilson. Au fond, de la musique pop après le rock'n'roll et le twist, je n'aime vraiment que les Beach Boys et les productions de Phil Spector.

Helter Skelter nous permet quelques digressions sur Jay Sebring, assassiné à Cielo Drive, ex de Sharon Tate et coiffeur de stars, dont Bruce Lee, Steve McQueen (autre ex de Sharon Tate) et Jane Fonda. Je dénigre Jane Fonda qui prétend dans ses mémoires avoir échappé de justesse au massacre. Incroyable le nombre de gens qui ont raconté avoir été invités ce soir-là. Seule explication, à part la mythomanie : un projet de soirée annulé. À vérifier dans mes archives.

J'ai trouvé le disque de Lil' Kim un matin par terre dans une rue mal fréquentée du 19ᵉ arrondissement. J'aime le second morceau, plein d'acronymes, un peu comme la chanson *EMI* des Sex Pistols. En dehors des citations de D&G et de PCP (*angel dust*) il y a un vers que me fait découvrir J.-M. :

That's out the country like A.R.A.B.S.

Ce disque est beaucoup passé l'année dernière lors d'une soirée campagnarde avec Flower, Camille et J.-M. Flower, quoi qu'il arrive et où que nous soyons, part toujours se coucher à quatre heures du matin, habitude qu'elle a dû prendre au contact de son premier mari, Kiew Pahlavi, un riche toxicomane iranien de soixante ans qui ne dormait jamais. Donc, ce soir-là, l'heure sonne, Flower monte, quelques minutes plus tard je fais découvrir à mes amis ce morceau de rap. Nous le réécoutons à volume maximal une bonne trentaine de fois, ce qui met Flower en colère. Elle descend et brise le verre d'une de mes gravures animalières sur le sol de l'entrée. Puis elle remonte s'enfermer dans ma chambre avec la chaîne de sécurité que j'ai posée à l'hiver 2011 après qu'un être inconnu (homme, femme, enfant, singe) est entré en pleine nuit dans ma chambre pour me voler.

Hier toujours, dîner au Basilic rue Casimir-Périer avec Le-Tan et Alain Weill. Weill me raconte qu'il est allé chez Mac Orlan dans sa maison de la vallée du Morin et qu'il s'était « fait chier ».

Plus tard, à la suite d'une nuit blanche, commencée avec les Bidault rue de Verneuil, et finie seul chez moi rue de Clignancourt à la vodka, j'étais en si mauvais état que j'ai décidé d'appeler Teresa sur son téléphone mobile vers dix heures du matin.

À entendre mon horrible voix, c'était quitte ou double. Teresa me rappelle vingt minutes plus tard. Je lui annonce ma décision de lui vendre ce journal pour la somme convenue la semaine d'avant (50 000 euros), comprenant une réduction de ma dette de 40 000 euros. Me reste à toucher 10 000 euros. Une semaine de cavalerie à courir avec les chèques des uns et des autres m'a épuisé. Je suis heureux de conclure l'affaire avec Teresa qui m'a toujours aidé en dépit de toutes mes embrouilles, et d'éponger une partie de mes dettes. Avec ce qui restera à la banque, si je suis payé normalement par *Vogue*, *Libération* et Grasset, je décide de partir à Los Angeles le 2 ou le 3 mai, advienne que pourra. Le soleil brille sur le balcon. Je félicite Teresa pour la une de *Libération* (Michel Houellebecq). Elle me répond en riant qu'il faudrait fusiller le photographe.

Vendredi 5 avril – Je regarde un livre acheté à Londres autrefois : *Hunting humans : An Encyclopedia of Modern Serial Killers* (Loom Panics Unlimited, 1990) et je trouve quatre occurrences de meurtres à la hache :

The ax man of New Orléans
Ax murders – Alabama
Ax murders – Louisiana and Texas
Ax murders – New York City

Les trois premiers datent d'avant 1920, ce qui me confirme que le tueur à la hache est un personnage d'un autre temps, du genre bûcheron fou ou bourreau de Béthune. Le quatrième est beaucoup plus récent (mai 1985). Il s'agit des meurtres de deux vieilles femmes, Janet Scott et Ruth Potdevin, à New York. Cas non élucidés. Je me souviens qu'une amie m'avait raconté avoir été menacée par des Noirs armés d'une hache à la suite d'un différend en automobile. Ceci à six heures du soir du côté du Père-Lachaise. Terrée dans sa Golf, mon amie avait remarqué que la hache de ses agresseurs portait encore sur son manche une étiquette Bricomarché. D'après sa description (longueur du manche, forme du fer) je jugeais à l'époque qu'il s'agissait plutôt d'un merlin que d'une hache.

Hier, dîner improvisé avec les Gramont à l'auberge. Ils sont venus faire des photos dans la forêt. Je les ai retrouvés en rentrant de Carrefour Market. Bonne soirée à rigoler et à boire (deux bouteilles d'irancy que Gramont s'obstine à appeler « Drancy »), on a demandé une table isolée. Vaine précaution. Arnaud (qui chante dans une chorale catholique) hurle tellement que toute la salle se tait. Il me parle de sa tante Élisabeth de Gramont qui avait épousé un Clermont-Tonnerre qui la battait. Elle a fini lesbienne et droguée. Je leur raconte que Jean-Claude Dealer (alias Jésus-Christ) a décidé encore une fois de changer de nom, de se faire appeler « Stan » et que je l'ai baptisé dans mon répertoire « Jean-Stanislas ». À ce moment, SMS de V. qui cherche un commerçant. Je lui envoie Jean-Stanislas en lui expliquant qu'il est un peu snob. Elle ne va pas être déçue en voyant débarquer dans son appartement de la place Vendôme un vieux bicot bodybuildé plutôt sale. Raphaël me rappelle, il dîne près d'Alléluia je ne sais où. Il me confirme l'affaire Priscilla tout en m'apportant quelques précisions, Priscilla n'est pas réfugiée en Australie mais au Brésil, chez la mère de Gérald Cohen. L'intrigue avec Di Caprio s'est nouée lors d'une soirée avec Sonia Sieff et une Française devenue styliste red carpet à Los Angeles. C'est lui (Raphaël) qui a aidé Priscilla à mener l'affaire rondement sur le *Viber* de Leo. Je lui demande si un *Viber* c'est comme un Tam-Tam ? Il ricane en me disant que dix générations se sont écoulées entre les deux. Il me promet plus d'informations pour demain.

À quatre heures du matin, SMS de V. : « Tu dors ? » Jean-Stanislas est passé par là.

Samedi 6 avril. – Première visite de mes parents depuis Noël. Le faisceau d'habitudes qui nous tient tous les trois s'est remis en place. Je suis moins nerveux que les années précédentes. Se pose la question habituelle : que faire quand ils sont là ? Mon bureau (la salle principale de la maison) est occupé. Je me tiens plus souvent qu'à l'ordinaire dans les pièces du premier étage, ne serait-ce que parce que mes conversations téléphoniques (souvent liées à mes vices) ne me permettent pas de rester près d'eux. Les rituels que j'ai mis en place : le gratin savoyard du vendredi, l'apéritif de midi et l'apéritif de sept heures du soir boulonnent notre vie sociale. Quand je n'épluche pas les pommes de terre ou que je ne sers pas le champagne et le whisky, je me retrouve à découvrir les perspectives des fenêtres de l'étage, à stationner dans des sièges où je n'ai pas l'habitude de me tenir. Je redécouvre des perspectives négligées, je lis des livres que je ne lis jamais en dehors de leur visite, c'est une manière de voyager. Hier, un article très agréable et très ennuyeux dans le numéro du *Bulletin de la Société de l'Histoire de l'Art français* de 1922 : « Catalogue raisonné de l'œuvre peint et dessiné de Nicolas-Bernard Lépicié ». C'est un article-pavé de cent cinquante pages comprenant un avertissement, une notice biographique, un catalogue et des pièces annexes. Je connaissais mal l'existence du peintre Lépicié, dont Diderot a parlé une ou deux fois dans ses salons. L'avertissement s'intéresse à l'auteur du catalogue, Philippe Gaston Dreyfuss, mort de maladie en 1917.

Voici un exemple de notice :

> 265 bis. Scène d'intérieur
> Un vieillard paraît s'être endormi en lisant. Un jeune garçon interrompt sa partie de volant pour examiner le vieillard.
> Bois H. $0^{m}25$; L. $0^{m}19$.
> Vente M.L. de Vèze, 11 décembre 1846, n° 63

Plus tard, je prends un bain en lisant le volume 2 de l'immense introduction de Victor Bérard à l'Odyssée, (Les Belles Lettres, 1923). Intéressantes précisions à propos de l'alimentation des cyclopes.

L'érudition divagante de Victor Bérard progresse par glissements progressifs, perdant parfois le fil du raisonnement. Il en arrive à oublier la conclusion. Le problème posé n'est pas résolu ou alors de manière trop elliptique. Voici le début de la digression sur les cyclopes :

> Dans le *Journal of Hellenic Studies* 1917 p. 59, M. Keser, un savant suisse de langue française, a cherché et trouvé l'explication d'un mot mystérieux – « lait pur », *akrèton gala*, – qui se lit en iota 297 :
> *Autar epei Kuklops megalèn emplèsato nèdun*
> *Andromea kre'edon kai epakrèton gala pinon*
> *Keit'entosth'antroio tanussamenos dia mèlon*

C'est après le premier repas, l'effroyable repas du cyclope en sa caverne :

> Je disais, et ce cœur sans pitié ne dit mot. Mais, sur mes compagnons s'élançant, mains ouvertes, il en prend deux ensemble et, comme petits chiens, il les rompt contre terre : leurs cervelles coulant sur le sol, l'arrosaient ; puis, membre à membre, ayant déchiqueté leur corps, il en fait son souper ; à le voir dévorer, on eût dit un lion, nourrisson des montagnes ; entrailles, viandes, moelle, os, il ne laisse rien. Nous autres, en pleurant, tendions les mains vers Zeus !... voir cette œuvre d'horreur !... se sentir désarmé !... Quand enfin le cyclope a la panse remplie de cette chair humaine et du lait non mouillé qu'il buvait par-dessus, il s'allonge au milieu de ses bêtes dans l'antre.

Bérard précise alors qu'il traduit ici « lait non mouillé » : « Ce sauvage qui mange comme un fauve, doit boire aussi comme une brute, si la vraisemblance du conte est à considérer. » Suit une remarque sur le vin noir non mouillé (c'est-à-dire non coupé d'eau) avec quoi Ulysse saoulera le cyclope pour lui crever l'œil. Là, Bérard enchaîne sur le godet dont le Grec se sert pour verser du vin au monstre. Querelle étymologique avec les Anciens concernant le mot *kissubion*, d'origine sémitique et qui, d'après Bérard, n'aurait rien à voir avec le mot *kissos*, *lierre*, jamais le bois de lierre n'ayant pu se prêter au moindre ouvrage. Là, il continue sur le vin noir puis saute à un autre passage du poème, oubliant tout à fait le lait non mouillé et laissant seul en compagnie des cyclopes le savant suisse de langue française.

Dans *Le Spectacle du Monde* n° 103 d'octobre 1970, curieux article de Lucien Rebatet sur le festival de Woodstock et le film du même nom. Éloge du réalisateur Michael Wadleight au prétexte qu'il utilise un montage à la Griffith et « néglige les procédés factices : zooms, déformations, caméra chahutée auxquels les opérateurs européens se croient tenus dans ce genre d'exercice ». D'après Rebatet, Wadleight possède « ce goût du détail typiquement noté, cet instinct de la cadence supprimant les transitions, que l'on appelle le sens américain du cinéma ». Cherchant sa notice dans Wikipédia, je découvre que Michael Wadleight (né en 1939) n'a presque rien tourné, à part *Wolfen* en 1980, une histoire de loup-garou que je crois posséder en VHS. L'article de Rebatet (une moquerie contre les hippies) continue par une comparaison entre la philosophie du *flower power* et celle du Sâr Péladan et du Père Enfantin. Puis, évocation d'Altamont. Rebatet semble moins sensible au charme des Hells Angels que son camarade sportif Saint-Loup (Marc Augier, ancien SS) qui, dans un autre numéro de la même revue, se livrait à un éloge des bandes de motards venus du Nord. Saint-Loup posait en photo pour l'article, tout de cuir vêtu, tout sourire, assis sur sa BSA, casque coquille et lunette de gendarme motorisé. Les liens du fascisme et du rock'n'roll restent à étudier, hors la symbolique (cuir noir, casquettes, bottes et Totenkopf), les grandes réunions de masse et le nihilisme destructeur qui plaisent évidemment à l'auteur des *Décombres*, plus que les vices du matérialisme dialectique ou la vertu en gants de pécari, DS et tartan vert de la bourgeoisie pompidolienne.

Vers neuf heures, après le dîner servi tôt pour mes parents, *go fast* à Paris. Je devais retrouver Flower à dix heures et demie du côté de la porte de Clignancourt, j'en profite pour emporter des assiettes, des couverts à entremets quelques verres ballons de petite taille, des torchons brodés taillés dans des draps de lin, une casserole en forme de chapeau-claque, les pièces les plus biscornues de ma collection, tout un matériel de poupée pour des dîners en petit nombre. En arrivant rue de Clignancourt, je découvre une vie nocturne qui m'avait échappé : peut-être parce que j'étais rentré trop tard l'autre nuit. Des dealers. Je ne sais si c'est le shit ou le crack. Plutôt le shit, bien que la cour d'en face, habitée de silhouettes furtives, flaire la *crack-house*. Je n'aime pas le haschisch, j'aime le crack mais je n'en ai jamais acheté dans la rue, sauf avec X. À peine monté les six étages, je range un peu, puis je téléphone à Flower. Elle essaye de m'attirer à son restaurant. Pensant qu'il s'agit d'un caprice pour s'éviter le taxi, je dis non. Là, je découvre qu'en fait son restaurant est bondé et qu'elle ne sera jamais prête avant minuit. Soudain, je deviens enragé, sans aucun signe annonciateur, même pour moi. Je lui envoie un SMS d'injures. Ma colère monte si vite que j'ai du mal à me calmer. Un seul moyen : l'introspection, j'essaye de me comprendre. Comme après un empoisonnement, je pense aux différentes causes possibles, attendant celle qui va provoquer la nausée. Serais-je jaloux de l'Italien ? Aucune réaction. Serai-je impatient de la b. ? Aucune réaction. En revanche je m'aperçois que j'ai du mal à ouvrir la fenêtre et à me hisser jusqu'au balcon pour surveiller ma voiture. Il s'agit d'un blocage psychologique, comparable à ceux qui me prennent sous cocaïne, parfois. J'ai peur de l'immeuble en face, des gens qui peuvent me voir. Stress lié à un nouveau domicile ? Possible mais insuffisant. Je pense à mes parents et là, ma colère monte d'un coup. Je me retrouve donc devant le complexe habituel. Jalousie et intolérance envers mes femmes exaspérées par la présence de mes parents sous mon toit. Jusqu'ici j'associais ces montées d'humeur à l'isolement forcé à la campagne, au sentiment de retomber en enfance, de n'être plus maître de moi. Il faut croire que la géographie n'a pas de lien avec cet état moral.

Ma rage redescend à mesure que j'avance dans mes déductions. J'en profite pour ranger un peu et je me rends compte, en montant un drap sur la loggia pour refaire mon lit, que je traîne malgré moi, dans l'attente de Flower. J'aimerais, au fond, dormir avec elle. Je décide de dépasser cette faiblesse et de rentrer à la campagne. En dépassant cette faiblesse, ne cédè-je pas à une faiblesse plus grande ? Le parcours en voiture est très triste, tendu. Même la beauté des avions qui s'envolent de Roissy et me survolent, éclairant le vide de leurs phares surpuissants, ne suffit pas à me calmer. Le téléphone sonne sans arrêt mais je me force à ne pas regarder qui appelle. À mesure que je fonce dans la nuit et que les bois se referment, mon humeur s'apaise.

Arrivé chez moi, la rage remonte à la vue de la porte close sur la chambre de mes parents. Je me calme à la vodka. Puis, en lisant un essai sur Rabelais de Jacques Boulenger devant le feu. Je monte. Je retrouve la chambre que j'avais surchauffée pour Flower et qui, perdue dans la nuit parisienne, saoule, elle aussi à cause de notre dispute, ne cesse de m'appeler, en vain.

Dimanche 7 avril. –

> Le Baudelaire que nous connaissons est l'auteur des *Fleurs du Mal*. Celui que ses contemporains rencontrent est le Samuel Cramer des années d'insouciance – qui fait encore de brèves apparitions après la publication de *La Fanfarlo* – ou le chroniqueur-traducteur qui ne subsiste que par la grâce d'une mère parfois attendrie, souvent irritée ; c'est celui-ci que Delacroix a connu, c'est celui-là qui s'est peut-être découvert devant lui.

Je trouve cela ce matin, ouvrant à la première page un livre que j'ai acheté il y a quelques mois, une thèse éditée par Nizet en 1973 : *Baudelaire et Delacroix* par Armand Moss. Quel écho ces deux phrases éveillent-elles en moi ? J'ai rencontré beaucoup de gens avant d'écrire mes livres, ils m'ont méconnu à juste titre. De dix-huit à quarante-cinq ans je n'étais que l'ombre de moi-même, aujourd'hui l'ombre est disparue sous mes pieds ; demain, elle obscurcira peut-être, mais dans l'autre sens, le regard que les autres porteront sur moi.

L'idée d'ombre est plus exacte que l'idée d'esquisse. On n'est pas l'esquisse de soi-même mais l'ombre du matin, un brouillard et non un brouillon ; lorsque l'œuvre arrive, le midi de la vie, l'acmé, elle provoque un précipité chimique qui change l'essence même de l'être. Je ne suis plus celui que j'étais à dix-huit ou vingt ans, ni même à quarante. Je suis un autre, un démon qui a pris certains traits du jeune homme en y insufflant un esprit et des liquides qui n'ont plus d'humain que l'apparence. De même, à un moment qui ne saurait tarder, le démon me quittera laissant une enveloppe grise, une ombre du soir qui perdra en densité ce qu'elle gagnera peut-être en étendue.

Passé l'après-midi à déranger puis à réarranger l'entrée. Avec l'aide de Flower, arrivée par le train de 10 h 35, j'ai retiré la grande banquette verte et les fauteuils à fleurs. Au départ, je voulais disposer à la place de la banquette où personne ne s'assoit jamais, une armoire à livres en pichepin noir réservée dans la pièce semi-circulaire de la dépendance. Trop lourde. Je me suis emporté contre maman qui voulait comme d'habitude passer en force au risque d'éventrer le fond de l'armoire. À quatre-vingts ans passés, elle est toujours aussi brise-fer. En une après-midi de jardinage l'année dernière, elle m'a cassé un manche de bêche et faussé une échelle télescopique. La géante de mon enfance, que je comparais à un personnage de la BD « Onkr », sur une famille préhistorique du *Journal de Mickey*, a gardé beaucoup de ressort. Encore plus grande mais plus gracile, Flower se montre moins résistante que prévu. Elle renâcle à porter avec moi la banquette en bois jusqu'au fond des dépendances. En revanche, elle sait très bien manier l'aspirateur. Faute d'armoire, j'ai installé à la place de la banquette, une table de drapier, plus lourde encore que l'armoire mais plus facile à transporter. Ce déménagement va permettre de descendre une partie de l'infâme fatras de livres du premier étage.

À six heures, je dépose tout le monde à la gare.

Excellente impression en rentrant. La même que dimanche dernier. Maman a beaucoup travaillé dans le jardin. Les rosiers sont taillés, binés, l'élimination de certaines plantes sauvages donne aux bordures un air d'ordonnance. Je voudrais connaître le nom d'un des principaux envahisseurs de la partie nord, mal ensoleillée du jardin. Cette plante sauvage à feuillage persistant prolifère dans l'ombre et l'humidité. J'en ai découvert une extraordinaire quantité à l'intérieur d'une ruine, perdue dans un vallon boisé au nord de chez moi. Ernst Jünger aurait pu m'aider. Je viens de redescendre les trois tomes de son *Journal de Guerre* édité par Christian Bourgois. Je crois posséder plusieurs traités de botanique sur la flore de l'Île-de-France. J'ai retrouvé avec plaisir un gros traité de géologie parisienne édité en 1953 à l'Imprimerie nationale. C'est là que j'avais découvert la présence d'un rocher sous la Seine au niveau du pont du Carrousel. Présence antérieure à Paris ou même à Lutèce, mais que pourtant rien ne dénonce, à part quelques remous en surface. J'aime l'idée de cet atlas invisible, antérieur à toute humanité. J'avais acheté le traité chez Rieffel au moment où je m'acharnais à décrire le quartier du quai de Javel et du Front de Seine dans *nada exist*. Je crois me souvenir d'intéressantes considérations sur l'île aux Cygnes (ancienne île Maquerelle où furent massacrés les protestants à la Saint-Barthélémy ; Morand en parle quelque part), ainsi que sur d'autres îles oubliées, que la Seine a recouvertes depuis des centaines d'années.

Je relis le passage sur la Seine et je ne retrouve aucune trace du rocher du pont du Carrousel. L'ai-je rêvé ou l'ai-je lu ailleurs ?

Vers huit heures je passe un coup de téléphone à Pierre puis à Jean-Stanislas. Rendez-vous est pris au 118 (surnom donné à l'appartement par Pierre). Route au crépuscule, à grande vitesse. Sous l'œil indifférent des dealers, je monte de gros sacs de vaisselle. Pierre est là. Jean-Stanislas ne tarde pas. Je lui achète deux grammes, on papote, il me raconte que l'appartement de V. est énorme. Il me parle aussi de Sandra Zeitoun.

Dîner avec Pierre au Nord-Sud. On se moque d'un type très laid qui dîne tout seul, et d'une célibataire, assez triste et crasse sous ses cheveux teints en bleu. Elle dîne d'une soupe à l'oignon, détail qui, ajouté aux cheveux bleus, plaît beaucoup à Pierre. À côté de nous, deux lesbiennes rient trop fort. L'une montre à l'autre des photos d'une troisième sur son iPhone : « J'aime son côté vierge folle », hurle-t-elle. Je me demande si elles n'ont pas pris du MDMA. Le Nord-Sud est-il l'antichambre de la mort ? La soirée qui avait précédé ma tentative de suicide, le 28 juin, j'avais dîné là avec Pierre et Vincent Darré, venu voir les décors de Schiaparelli. SMS de Marie-France qui s'inquiète (à bon escient) de ce que je vais lui faire dire dans *Vanity Fair*. Je la rassure comme je peux : je prévois que Marie-France va me causer plus d'ennuis que les deux sœurs Rouhen réunies. Avec Pierre, on se demande à quoi peut bien ressembler son petit nid de la rue Ordener (rue Ordinaire, comme dit P.). J'imagine un lieu bien organisé, une sorte de musée Marie-France. Au moment où je pense à parler à Pierre du musée Michelle Torr (jadis sis rue du Chant-de-l'Alouette chez son père qui éditait aussi un fanzine), il me coupe abruptement : « Les travestis ne sont pas très propres. » Je lui rétorque que Marie-France n'est pas un travesti, ni même un transsexuel mais qu'elle s'est seulement fait opérer d'une « légère anomalie ». La conversation roule ensuite sur l'enterrement de Jean-Marc Roberts, Pierre me répète (pour la seconde fois, je crois) que Nicole Wisniak a beaucoup grossi.

Mercredi 10 avril. – J'ai fait cette nuit un cauchemar confus et ennuyeux. Retour de vacances avec des valises de livres (genre vieux bagages de pauvre en carton) que j'étais obligé d'accrocher sur le trottoir avec des antivols à vélo. Gentil Gilbert qui habitait dans un immeuble haussmannien insolent (du genre de ceux de la place Wagram) me faisait des reproches à propos du manuscrit de Sharon Tate que je n'avais toujours pas commencé. Un autre pervers (genre Gérald Cohen) s'en mêlait, m'emmêlant encore davantage au prétexte de m'aider. Il piochait dans mes bagages et rajoutait les siens. Je savais par avance que tout serait perdu et que les chiens et les clochards pisseraient dessus. J'attendais pendant plusieurs heures un taxi prétendument commandé par Gilbert mais qui n'arrivait jamais. Je devais transporter mes bagages dans un autre lieu qui n'était pas encore chez moi. Encore un escalier d'immeuble, chez Bernard F., une sorte de gnome hostile aux cheveux rouges que j'ai connu dans le presbytère de Nicole Cartier-Bresson en Normandie.

Impossible de retrouver son immeuble situé contre La Closerie des Lilas, à peu près celui où habitait Aniouta Pitoëff, la fille des acteurs, connue aussi chez N.C.B. vers 1975, morte assassinée au début des années quatre-vingt dans sa baignoire. En plus, j'étais parti en abandonnant la moitié de mon chargement sur le trottoir de l'autre immeuble, à moins que ce ne soit dans la cage d'escalier, mais je n'étais plus sûr de rien. Un crépuscule de fin d'été tombait vite et je me retrouvai sous des lampions au marché aux fleurs ou dans les petites boutiques de fleuriste de la Madeleine, à arrêter enfin un taxi conduit par une grosse femme blonde qui me faisait des avances sexuelles mais ne voulait pas aller chercher le reste de mes bagages, ni m'emmener au nord de Paris (où j'habitais). Elle avait très clairement en tête de m'entraîner dans un concert ou une soirée dansante (genre guinguette) où je serais son cavalier. Comme il arrive souvent dans mes rêves, toutes les volontés adverses, même chétives, étaient plus affirmées que la mienne et je me trouvais ballotté telle une jeune orpheline entre plusieurs suborneurs dans une atmosphère proche de certains films de Polanski (*Le Locataire*). Peut-être un rêve prémonitoire de ma fin de vie en tant que clochard.

Hier en fin d'après-midi, j'ai dû me forcer à sortir sous la pluie pour faire un tour en voiture. Premier arrêt près du bois du Mausolée. En marchant sur le chemin qui conduit au tombeau abandonné, ma route a croisé celle de trois jeunes cerfs. À la distance d'où nous nous tenions (une centaine de mètres), je n'ai pas réussi à compter leurs andouillers. Leurs bois prenaient une couleur argentée sous la bruine. Des flèches de métal. Nous sommes restés un moment à nous observer, ils ne bougeaient pas. « Ruminant timide » est la définition que Larousse donne du cerf. Ici la curiosité l'emportait sur la timidité. Le plaisir sans explication que m'a causé cette rencontre a été le prétexte pour faire demi-tour et remonter dans ma voiture. J'ai roulé au hasard dans les paysages vastes du Tardenois. Ils annoncent la vallée de la Marne et la Champagne. Il pleuvait doucement, les pierres des maisons noircissaient d'humidité. À l'horizon, vers l'est, aux confins, les vapeurs s'éclaircissaient çà et là d'une lumière blonde. Le bleu ne transparaissait pas mais on devinait le soleil absent, comme à certains jours tristes sur la mer.

En conduisant, j'ai repensé à une idée que je n'avais pas notée : l'importance qu'a prise avec les années Françoise Sagan et son mode de vie. Le plaisir comme devoir de chaque jour, indice d'un retour à l'immoralité française de l'Ancien Régime. J'ai vu en trente ans les mœurs évoluer et j'ai participé à cette contre-révolution : l'aristocratisme diffusé au-delà des élites, la prééminence du snobisme sur la prétention, de l'ambition mondaine sur l'idéal social, du goût du détail sur la théorie, le nihilisme léger, ce « scepticisme de grand bourgeois dilettante » que Rebatet pointe très tôt à propos de Bob Dylan, la cocaïne à tout-va, la complaisance, le refus du concret, le narcissisme. Schuhl ou Thadée Klossowski sont le chaînon manquant entre *Tel Quel* et *Purple*, entre Georges Bataille et Marie-Chantal. Entre Michel Leiris et les Rolling Stones. Barthes au Palace, c'était la visite officielle d'un homme important dans un lieu léger. Aujourd'hui, Diogène se faufile comme il peut au Montana… Ça n'est pas nouveau mais on s'en cachait davantage. Michèle X., sympathique vieille perverse à perruque, amie de Dominique Noguez, m'a lâché un jour à La Hune après m'avoir parlé très fort des fossettes sur les fesses de la mère d'Arnaud Lagardère : « Bruckner et Finkelkraut venaient chez moi parce que je les faisais entrer aux Bains Douches. »

Lu dans Custine ce matin au réveil :

> Il en est de l'ambition comme de l'avarice : les avares calculent toujours, même lorsqu'ils croient céder à des sentiments désintéressés.

Les *Lettres de Russie*, ramassées hier dans mon bureau, sont tombées du lit pendant la nuit. J'ai entendu le choc, j'ai cru dans un demi-sommeil que c'était mon téléphone, j'ai dû corriger en dormant. Custine est peut-être à l'origine de mes rêves de clochardisation libraire.

Quelques pages plus tôt ce portrait du tsar Nicolas :

> L'Empereur est plus grand que les hommes ordinaires de la moitié de la tête ; sa taille est noble quoique peu flexible ; il a pris dès sa jeunesse l'habitude russe de se sangler au-dessous des reins, au point de se faire remonter le ventre dans la poitrine, ce qui a dû produire un gonflement des côtes ; cette proéminence peu naturelle nuit à la santé comme à la grâce du corps, l'estomac bombé excessivement sous l'uniforme finit en pointe et retombe par-dessus la ceinture.

> Cette difformité volontaire, qui gêne la liberté des mouvements, diminue l'élégance de la tournure, et donne de la raideur à toute la personne. On dit que lorsque l'Empereur se desserre les reins, les viscères reprenant tout à coup, pour un moment, leur équilibre dérangé, lui font éprouver une prostration de force extraordinaire. On peut déplacer le ventre, on ne peut pas l'anéantir.

Cette histoire de corset sent le ragot de garde-robe rapporté par un valet de chambre. Une conquête de Custine ?

Elle me rappelle Maurice Sachs et aussi une anecdote de la Chahbanou qu'il avait apprise d'un Arabe prostitué à la porte Dauphine. Une histoire d'estomac comprimé similaire. Elle concernait un ministre du gouvernement Sarkozy, lui aussi adepte du corset.

J'ai toujours envié les gens qui avaient des rêves de qualité supérieure aux miens, en général plutôt triviaux.

Voilà une semaine que je m'intéresse au *Songe de Scipion* et à l'immense quantité de commentaires que ce passage cité par Macrobe a suscité depuis l'époque de Cicéron.

Pendant toute l'après-midi ; j'erre de pièce en pièce comme le colonel Redl avant son suicide. Je dois téléphoner à Natacha Rouhen pour lui annoncer que le sujet de mon article n'est plus Frédéric Barnum mais la « nébuleuse Rouhen ». Hier, nous avons convenu par SMS d'un rendez-vous téléphonique entre cinq heures et demie et six heures. Au moment où je vais l'appeler, coup de téléphone de Flower qui me raccroche au nez sous prétexte que je ne prête pas l'attention souhaitée à ses vaseuses histoires vénitiennes. Ma colère me donne du nerf. Je prends mon téléphone en main, mais c'est Gramont qui m'appelle pour confirmer le rendez-vous avec Stabenrath chez Gonzague Saint Bris. Rendez-vous que je ne suis pas sûr d'honorer, j'ai l'impression que je vais mourir avant.

Natacha Rouhen a la voix d'Anne Chabrol, pourtant de dix ans son aînée. En préliminaire, nous parlons littérature, quelques banalités à propos du spleen qui suit la promotion d'un livre. J'essaye de l'apitoyer avec une petite voix triste, mes ventes catastrophiques, ma vie désordonnée… Dans l'espoir qu'elle ne me fusille pas quand je vais passer au vif du sujet.

Me voit-elle venir ? Elle attaque sans prévenir : « Simon, vous savez que je suis quelqu'un de cash… Je dois vous avouer que j'ai entendu quelque chose qui m'a beaucoup surprise. Quelqu'un que je ne nommerai pas m'a dit que vous prépariez pour l'édition française de *Vanity Fair* un article épouvantable sur ma sœur et moi… Lorsque j'ai prononcé votre nom c'est comme si j'avais parlé du diable. »

Jeudi 11 avril – Anniversaire de Flower. Quand elle m'appelle, je suis à la Costa d'Amalfi, rue de l'Université, saoul. Il y a Pierre qui écrase avec le doigt des cailloux de cocaïne sur la table et Frédo Chaleil qui n'est pas en meilleur état. Raphaël téléphone, il ricane parce qu'il pressent une catastrophe. Flower arrive, charmante, avec un très joli pull-over tricoté. Elle montre à Pierre, qui s'en fout, des photos de son fils sur un poney et une photo d'elle dans les pages people du *Harper's* thaïlandais. Elle me donne une petite montre Cartier à réparer, sans que je comprenne bien pourquoi. On prend un taxi pour le Flore.

Arrivent Paquita, Marie Beltrami, Priscilla, son nouveau room-mate (qui n'est pas Leonardo di Caprio) et les Bidault. Camille va à la table de Nicolas Ghesquière et nous rejoint après. Ensuite Montana. Aurore, la gérante, nous donne à boire des piscines, Jean-Yves n'arrive jamais. Au retour, je raccompagne l'austère baby-sitter à lunettes de Flower boulevard Ney.

Ce matin, coup de téléphone de Caroline, elle a passé la nuit aux urgences, sa mère s'est fait tomber un poste de télévision sur les fesses. Elle a un hématome de la taille d'un ballon de football. Je lui demande si la télé est cassée. Non. Elle me dit que le médecin du Samu la trouvait très belle sur une photographie en noir et blanc qui était chez sa mère. Comme tout le monde l'énervait, le médecin, sa mère, ses sœurs qui ne répondaient pas au téléphone, elle a lu *Paris Match*. Je lui demande si c'était le dernier numéro. Oui. Ensuite, je descends chercher un pain au chocolat, j'étrenne un blouson de cuir, un vieux Chevignon aviateur avec des pattes en nylon acheté aux Emmaüs, je l'aère depuis trois mois mais il continue à sentir le moisi. Marché Ornano, charmant, beaucoup de succès. Le quartier me rappelle l'époque de mon mariage. De retour à la maison, je regarde les photos qu'Hélène Rochas a données à Pierre. Les verres sont cassés mais les photos sont bien, je reconnais le duc et la duchesse de Windsor, Soraya, Cecil Beaton, pas les autres. Pierre m'a dit les noms, mais je les ai oubliés. Il faut que je prépare la conférence sur

Aleister Crowley que je dois donner cette après-midi chez Jean-Jacques.

Je regarde au dos des photos, elles sont légendées de l'écriture d'Hélène Rochas : je n'avais pas reconnu : Leonor Fini, Stanislao Lepri, Doris Brynner (la femme de Yul) et la comtesse Charles de Beistegui.

À part sa dispute avec Yeats et les prénoms de ses enfants, le seul truc amusant sur Aleister Crowley est une histoire à mon avis légendaire. Les services secrets anglais l'auraient chargé de rédiger de faux horoscopes pour démoraliser Hitler par le biais de Rudolf Hess. Le passage de Hess en Angleterre fit chavirer le projet.

Samedi 13 avril. – Rentré hier à la campagne par le dernier train. Attablé devant un sandwich au saucisson un peu rance à la Tartine du Nord, mon sinistre café préféré de la rue de Denain, j'ai décliné à contrecœur l'invitation de Camille Bidault à venir la rejoindre au dîner des M.&M. Son texto disait qu'elle était en compagnie de sa copine Chan, « déjà saoule et pétée ». Je ne sais pas, ou je ne sais plus qui est Chan. (Une chanteuse, en fait [rajouté plus tard].) La dernière fois que ça m'est arrivé, il s'agissait d'Erin Wasson, la top model. Puis, autre tentation, un coup de téléphone de Raphaël qui me propose de boire des coups, il est au Bristol avec Virginie Mouzat. Stoïque, je décide de rentrer pour dormir et profiter d'un samedi matin de début de printemps dans mon jardin. Dans le train, une très jolie

Noire vient s'asseoir près de moi. Un oiseau, jeune, gracile, les jambes comme des allumettes. Elle me rappelle les sœurs Sy, une brochette de petites Noires qui traînaient toujours rue du Bourg-l'Abbé en 1979 avec Serge Kruger, César Morel, Tristan et consorts. Selon une mode en vogue chez les secrétaires (les dactylos, comme on disait autrefois) elle porte des talons, des collants semi-opaques et un short. Toujours stoïque, je ne lui prête qu'une attention discrète. Ce qui n'est pas le cas de notre voisin, un grassouillet patelin assez bon dragueur. Après le passage du contrôleur, ils se lancent dans une conversation animée. La petite Noire m'est sympathique, bien qu'elle aboie un peu. C'est une secrétaire (j'avais visé juste). Elle vit à Villers-Cotterêts et elle défend la campagne, le calme, contre le gros lard soissonais qui en rajoute sur les boîtes de nuit parisiennes, je n'ose imaginer lesquelles… La conversation se relance à coups de petits mots, de petites blagues, de *piropos* comme disait Lacan dont je serais incapable. En fait, je n'ai aucun sens de la repartie, et je n'aime pas le mépris que cache la démagogie du dragueur. Il y a quelque chose d'agressif, d'aigre, de méchant au fond, sous des dehors aimables, dans l'attitude du gros, qui me dérange. Un « prédateur » suivant le langage de la presse. La gamine a du bon sens. Sa conversation me rappelle celle de ma modèle, H., une petite Marocaine ravissante que j'avais réussi à suborner en la faisant poser nue pour moi à l'époque de Didine et du château de Moulinsart (ma première maison de campagne, une sorte de faux château en brique et stuc de style Mansart, un décor de Franju). H. avait vingt ans, elle riait beaucoup et ne manquait pas de tempérament. Je lui ai rendu hommage dans un passage de drague à la station-service au cœur de *nada exist*. Son ancienne copine de collège à Pithiviers, dont elle parlait sans cesse, s'appelait Marion, c'était Marion Cotillard. H. a passé un BTS de tourisme. La dernière fois que j'ai dîné avec elle, il y a dix ou quinze ans, elle portait un tailleur prune et travaillait dans une compagnie d'aviation. Elle approche la quarantaine et elle a sûrement des enfants, l'autre a eu un Oscar à Hollywood, c'est l'actrice la mieux payée du cinéma français. H. doit plus se souvenir de Marion que de moi. Les sœurs Sy ont plus de cinquante ans, H. en a presque quarante, et moi je suis encore là à écouter les mêmes musiques qu'autrefois, à fréquenter les mêmes endroits, les mêmes gens. Une soirée qui n'en finit pas. La boîte est toujours ouverte comme le bar hanté de *The Shining*, mais moins vide. Les portes s'ouvrent sans cesse sur de nouvelles entrées, de nouveaux départs. Le public devient de plus en plus beau, sa conversation s'affine et se banalise. Une jolie fille d'il y a trente-cinq ans serait inaperçue aujourd'hui. Un cynique du Palace passerait aujourd'hui pour un lourdaud ou un fou, s'il n'est pas resté sur le pont. Telles les actrices du muet qui fascinèrent le monde et à qui on trouve de gros mollets, des petites bouches, de mauvaises dents. On se moque des vieux qui sortent, mais ils restent plus drôles que les autres. Vieillir dans la frivolité participe d'une certaine grâce française. La France est un pays où les marquis peuvent n'être pas ridicules même lorsqu'ils sont chenus, à Paris surtout, où je suis né.

J'ouvre Proust au hasard (*Le côté de Guermantes II*) et je tombe sur un mot d'auteur, il y en a beaucoup dans *La Recherche*.

Je pense au célèbre : « On ne se quitte jamais bien car si on était bien, on ne se quitterait pas » et maintenant je trouve celui-ci : « Si on était obligé d'aimer tous les gens qui vous plaisent, ce serait au fond assez terrible. » C'est après la scène des poiriers et des communiantes, « Rachel quand du Seigneur », maîtresse de Saint-Loup fait cette remarque au narrateur à propos d'un jeune homme à qui elle fait de l'œil devant son amant au restaurant. C'est ce Proust-là que Morand, puis Sagan, ont su élégamment pasticher.

Ma « conférence » sur Aleister Crawley chez Jean-Jacques Schuhl s'est plutôt bien passée. Jean-Jacques m'a téléphoné deux fois pour me féliciter, il me dit qu'Ingrid a beaucoup apprécié. Comme ils ne sont pas flatteurs, je le prends très bien. Étaient présents : Ingrid, Nelly, Jean-Jacques, Pierre et Adolfo Arrieta que je ne connaissais pas.

L'exercice, plutôt casse-gueule, a été plusieurs fois retardé à cause d'Ingrid qui n'arrivait pas. Évidemment on m'attendait au tournant, j'étais inquiet d'autant plus que je ne m'intéresse pas particulièrement à Crawley, ni au satanisme, toujours ridicule.

Lundi 15 avril. – Autre mot célèbre de Proust et qui s'applique à mon état moral depuis samedi matin, depuis que Flower m'a quitté pour l'Italien : « Comme la souffrance va plus loin en psychologie que la psychologie ! », cri final de *La prisonnière* ou début d'*Albertine disparue*, je ne sais plus. Il y a encore trois jours, je n'aurais pas imaginé me trouver aussi triste. Quelques minutes ont suffi. Depuis samedi soir, après une émission sur France Culture, je suis rentré à près de 200 à l'heure dans un des plus noirs tunnels de drogue jamais traversé. Ce n'est pas tant la quantité : quelques grammes en vingt-quatre heures que l'intensité négative que j'y ai insufflée. Hier, vers quatre heures de l'après-midi, rideaux fermés sur une première vraie journée de printemps, je voulais presque en finir. Seul apaisement, le moment où j'ai légendé au crayon la photo de Flower par Peter Lindbergh :

> Mais ne suffit-il pas que tu sois l'apparence,
> Pour réjouir un cœur qui fuit la vérité
> Qu'importe ta bêtise ou ton indifférence ?
> Masque ou décor, salut ! J'adore ta beauté.

Caroline a jeté tous les anxiolytiques.

Ce n'est pas Flower qui m'a conduit là, mais ma faiblesse. Son manque de tendresse m'attache à elle. Elle a pourtant le secret des effusions soudaines : la veille, au Flore, devant tout le monde et sans que personne ne la voie, elle s'était tournée vers moi les yeux pleins de larmes et m'avait dit, sans que personne ne l'entende, que j'étais celui qu'elle aimait le plus au monde. Le lendemain elle est partie.

À proprement parler, Flower n'est pas partie. C'est moi qui l'ai chassée. Le plus dur sera de ne pas céder lorsqu'elle voudra revenir. Comment lui laisser la porte fermée ? Pourquoi en vouloir à quelqu'un à qui j'ai déjà tant pardonné ? J'aime lui pardonner. J'ai écrit un jour, avant de la rencontrer, qu'en dehors de la beauté, la plus grande qualité d'un être humain était d'être amusant. Comme souvent, mes phrases se sont incarnées. L'être que j'invoquais s'est matérialisé, frappant une nuit de septembre à la porte de la suite Overdose. Un rêve, mais on s'y est plu. Une nuit à la campagne, où cette créature humaine que je connaissais à peine me lisait *Roméo et Juliette* dans son mauvais anglais guttural, je lui ai dit dans mon jargon pire encore : « Chérie, *you have a lot of* défauts *but you're never boring.* » Belle, elle l'était à un tel point que je m'éveillais la nuit pour la regarder dormir. Drôle, elle l'est restée jusqu'au bout, et voilà qu'elle disparaît me laissant seul. Elle est partie à temps pour être regrettée, obéissant à ce vœu qu'elle prononça au début de notre liaison : « *I want to stay beautiful for you.* » Il existe en Asie du Sud-Est un romantisme magique mêlé au plus grand matérialisme. Kay, mon amie travestie, échappée des camps de réfugiés de la guerre du Vietnam, était née de la même fontaine. Je ne me suis jamais non plus ennuyé avec elle ni dégoûté d'elle.

Mardi 16 avril. – Je me relis. Le meilleur dans tout ça, les vers de Baudelaire. Hier soir, premier dîner à la maison. Malgré mes trois heures de sommeil en trois jours, je me sens bien, flottant, suspendu à la merci des autres. Alléluia, que je connais à peine, arrive la première. Beaucoup de naturel, tout de suite. On se comprend. Nous parlons de l'anniversaire de son fils chez Marie Beltrami, où Larry Clark s'est endormi dans les chiottes et aussi de Mandiargues. Puis viennent Raphaël et Daniel Hourdé. Dîner de pâtes, on rigole. Alléluia a une particularité : elle ne sourit jamais. À proprement parler, j'ai l'impression qu'elle n'a pas de sourire. Ce qui ne l'empêche pas d'être rigolote et sympathique. J'appelle Karima Dealer. Les Bidault déboulent entre-temps, Camille très en forme. Raphaël passe son temps dans la salle de bains à envoyer des mails à Ingrid Sischy et Sandy Brandt. De temps en temps je vais sur le balcon pour être seul. Ma carte est bloquée de nouveau, je suis obligé de négocier dans la voiture de Karima qui me dit l'air dégoûté : « Mais qu'est-ce que tu fais dans ce quartier ? » Qu'ils sont bourgeois ces Arabes intégrés.

Alléluia a lu *Anthologie des apparitions*. Je craignais qu'elle déteste, étant très évidemment l'inspiratrice d'un des personnages les plus désespérants du livre, la petite Eva de l'épisode Ben Chemoul. Je sais que sa mère avait tout de suite fait le rapprochement. Non, au contraire, même si nous ne parlerons jamais de ça. Elle est sur deux projets : *Les Petites Filles modèles* d'après la comtesse de Ségur et un « un truc plus ou moins inspiré de la bande du Palace ». « Il n'y a pas Ben Chemoul », me dit-elle mais elle voudrait que je l'aide sur celui-là.

Je force Camille et Jean-Marie à rester jusqu'à cinq heures du matin. On s'adore, on va louer une maison en Grèce.

Le matin, Camille m'envoie un SMS de redescente pour me dire qu'il vaut mieux qu'on ne se voie plus pendant un moment. Je lui réponds que je fais la vaisselle.

Il me reste cinq euros en monnaie.

Mercredi 17 avril. – Caroline me donne deux cents euros. Nous b. très bien en ce moment. Elle est belle aujourd'hui.

Elle ressemble de plus en plus à une héroïne de Louis Malle. L'Américaine qui fait un chèque à Maurice Ronet à l'hôtel Voltaire dans *Le Feu Follet*. Panthère et talons de douze qui la montent quasiment à ma taille. Descott vient déjeuner, il me fait les courses, achète un côtes-du-rhône délicieux : du rasteau. Il est content de signer avec Grasset. Chez Intermarché, un type, l'air d'un clochard d'église, le félicite pour sa veste sur-mesure. De sa plus belle voix snob, Descott lui répond : « Figurez-vous qu'elle vient de New Dehli. » Suit une longue conversation sur le sur-mesure et l'Inde. Un peu plus tard, le même type abordera deux femmes dans la queue pour essayer de leur passer devant. Descott me dit l'air dépité : « En fait il parle à tout le monde. » Je lui demande s'il commande toujours ses costumes à Londres : il me répond qu'il ne l'a fait qu'une fois chez le tailleur de son père qui était aussi celui de Drieu la Rochelle. Décidément c'est la journée Drieu…

Coup de téléphone de Pierre Le-Tan. Il a déjeuné au Sévigné avec X. qui sort le soir en travesti sous le nom de Samantha. Arrivent Dominique Modiano, la femme de l'écrivain, qui leur dit : « J'attends les filles. » Elle a des béquilles et un plâtre.

Pierre me précise : « Ce n'est même pas qu'elle est tombée, c'est de l'ostéoporose. »

Il croyait que « les filles » en question étaient les filles Modiano, la chanteuse et l'autre ; que non ! : il voit débouler Catherine Deneuve, que Pierre surnomme affectueusement « tata Cathou » (surnom trouvé par Patrick Modiano), accompagnée d'Élisabeth Garouste, d'une femme dont j'ai oublié le nom (Pascale Laurent) et de Dolores, une Espagnole snob mariée avec un producteur de cinéma avec qui j'ai cru dîner un soir chez Francis. Elles s'installent à une table voisine. Pierre et Y. plaisantent sur le physique désormais étrange de tata Cathou (qui se retourne en les menaçant amicalement du doigt). Puis Y. se lance dans une histoire de Samantha : Samantha s'est retrouvée dans une boîte échangiste, l'Atlantide, à la gare de Lyon. Une femme lui a demandé de sucer son mari : « J'ai accepté, même si je n'en avais pas très envie, mais ça leur faisait plaisir. » Il paraît que tata Cathou adore les histoires de Samantha. Depuis un moment, un type vêtu d'un costume noir brillant leur sourit. Ils ne savent pas qui c'est. Pierre dit à Y. : « Je devrais porter ce genre de costume, ça m'irait très bien. » Le type se lève et revient avec un gros bouquet de fleurs (pas très fraîches, d'après Pierre) qu'il offre, non à Samantha mais à tata Cathou, ravie. Renseignement pris : il s'agit d'un agent immobilier. Je dis à Le-Tan : « Il y a des gens qui ont du courage. » Le-Tan me répond : « Oui, d'autant que ce n'est plus tout à fait *Les parapluies de Cherbourg*. »

Vernissage de David Rochline à la galerie Le Purgatoire, rue de Paradis. Pathologique et raffiné. Entre Bellmer, les boîtes à bonbons, von Sternberg et l'asile psychiatrique. Il se présente, il a l'air charmant et modeste. Curieux cheveux, curieuse allure. Paquita me raconte qu'il a commencé par être maquilleur, ce qui me plaît encore davantage, je préfère ça que les Beaux-Arts. La bande du Palace presque au grand complet, moins complète toutefois que chez Darré. Alléluia qui me donne le DVD de son film, me recommandant d'un ton autoritaire de ne pas le perdre, vérifiant même les poches de ma veste. Paquita, Marie Beltrami, Francis Dorléans, Vincent Darré, Françoise Picoli,

Fifi Chachnil, Ouamée Babeanu, etc. Vincent est acoquiné avec une copine de Pierre qui m'a l'air tout à fait remarquable dans le genre toquée : Marie-France Boyer de *World of Interiors*. Une petite dame avec des cheveux gris du genre patronage. Elle parle de sexe. Les gens comme ça m'intimident, je ne comprends pas ses plaisanteries.

On se retrouve dans une cour où sont servies des huîtres. Je m'assieds par terre avec Frédo Chaleil et Paquita qui me montre *Frog*, le magazine pour lequel elle a fait un assez long compte rendu (22 000 signes) du mariage de Farida et d'Henri Seydoux. La plus grande partie est composée d'une citation (un copain à elle). Arrive Octavio Cohen-Escali qui me parle très gentiment de *nada exist*. Jean-Stanislas Dealer m'appelle pour savoir si les X., mes amis de Neuilly-sur-Seine, sont des gens fiables. Mme X. (un des plus beaux noms de la noblesse) m'a appelé de son côté, affolée. Je le rassure, je me rappelle qu'une fois, il avait refusé de livrer ces mêmes X., décidément très gourmands de cocaïne, au Meurice ou au Cercle de l'Union Interalliée. Autre conversation avec Françoise Picoli et Marie Beltrami sur le journal de Thadée Klossowski (ça rime). Françoise Picoli (ça rime toujours) regrette cette époque « où on pouvait ne rien faire. On avait le temps. On pouvait rester des heures au téléphone ». Je lui réponds que ça n'a pas beaucoup changé. Et pourtant… Je repense, sans la citer, à la phrase de Morand : « Je ne savais pas à quel point il fallait se dépêcher d'être fainéant. » Marie Beltrami a mis une ampoule électrique à l'intérieur de son sac, comme dans les boîtes à gants de certaines voitures, c'est une bonne idée.

Mercredi 17 avril. – Je passe chez Flammarion signer le contrat de ce journal. Gilles Haéri est là, toujours charmant. Il me raconte qu'avec Teresa, ils ont eu un mal fou à bricoler ce contrat. Entre le moment où je signe la lettre d'annulation du précédent et la signature du suivant, il y a un vide juridique : puisque *113 études*, qui était acoquiné avec le projet *Occident*, se retrouve sans contrat alors qu'il est paru. Je pourrais donc, après la première signature, les attaquer pour contrefaçon. « Nous ne te laisserons pas sortir de ce bureau tant que tu n'auras pas signé », me dit Alice d'Andigné. En regardant par la fenêtre, ouverte sur la place de l'Odéon ensoleillée, je cite le nom d'Albert Spaggiari. Ils me disent que le versement de 10 000 euros sera effectif le 15 mai. Je leur réponds que ça me permettra de tenir un mois. Puis pour la énième fois, je leur raconte mon enquête sur les Rouhen, c'est à force de dire toute l'histoire à voix haute que je construis l'article. C'est surtout bon pour les articulations (de l'article).

Visite chez Schuhl. Il sert un chablis. Arrive Ingrid, on se met à imiter l'impayable Adolfo Arrieta. Je fais le bossu et Jean-Jacques, les dialogues en accent argentin-tapette (il a dû les essayer avec Pierre au téléphone) : « Nous étions plouzior garçons réouni pour une séance de spirrrritisme à Marrrrbella… Nous avons senti oune très imprrressionnnante excitation sexouellle… Pouis une forrrrte odeurrr de soufre. »

Ingrid raconte qu'au Portugal X. s'était scotché à elle, il ne voulait plus participer au colloque : « Il était devenu tout petit,

petit, petit, près de moi. Il ne voulait plus rien faire, c'était gênant. »

Je retrouve Dani Morla et Yazbukey à l'exposition de photos d'Aramy Machry, le petit frère d'Homero. Yaz est très décolletée, on fait des photos enlacés, je lui chuchote à l'oreille : « Tu sens bon. »

Dîner au Flore, Marie Beltrami nous rejoint. Il y a un vieux type sur la banquette derrière qui lui fait de l'œil. Tout en le matant sous sa frange, Marie me dit : « J'aime pas les yeuv. »

Avec Dani et Yaz on fait des projets de vacances en Toscane. Les gens du Baron ont récupéré un endroit qui a l'air joli. Plus tard, chez moi, après avoir vu Jean-Stanislas, Dani me raconte une histoire vécue avec Lindsay Lohan et Laetitia Crahay à Los Angeles. Assez bonne, mais je l'ai oubliée.

Jeudi 18 avril. – J'ai refusé d'aller avec Dani au Baron hier soir. Flower m'appelait en rafales depuis le matin, à la quarantième fois vers une heure du matin j'ai fini par la prendre. L'Italien n'était qu'un hors-d'œuvre. Elle a couché avec lui le jeudi soir et le lendemain elle est partie à Séville pour la féria avec Peter Lindberg dans le jet de Christian Liaigre. Je lui explique que je souffre un peu. Elle me répond qu'elle m'aimera jusqu'à la fin de ses jours. Je raccroche. Tunnel de drogue, seul, jusqu'au lendemain. Je repense à nos deux voyages à Séville. Le premier, c'était son cadeau de noces. Elle m'avait fait la surprise de m'emmener là-bas pour la Saint-Sylvestre 2011. Nous avions passé le réveillon dans un café de taxis à boire du vin rouge. Elle est tombée enceinte ce jour-là. Pour avorter en février. Le second, c'était l'été dernier lors de ce merveilleux périple ensoleillé. Notre dernière chance. Mais nous avions fini par nous battre devant l'enfant en larmes dans les rues, près de la cathédrale à tel point que les conducteurs de calèches étaient intervenus. J'étais parti en pleine nuit, après lui avoir payé l'hôtel. J'ai rejoint la France à grande allure en une nuit, deux mille kilomètres d'un seul coup. Je me souviens du lever de soleil dans la vieille Castille. Le lendemain, elle me rejoignit en avion et nous partîmes à Bangkok avec Camille, Jean-Marie et les enfants. Pendant le deuxième voyage, elle avait repéré le numéro des bonnes places dans les arènes. Celle d'Ava Gardner et de Hemingway. Elle a dû les utiliser maintenant avec le gros Peter et ce poireau de Christian Liaigre. Amen.

Caroline vient me ramasser par terre. Elle me passe cent euros. SMS de *Vanity Fair* qui s'inquiète de mon enquête. J'ai envie de tout abandonner. Caroline me dit que je me suis laissé aller depuis un an et demi, trop de cocaïne, trop d'alcool, trop de fêtes, trop d'argent dépensé, qu'il va falloir que je me reprenne, que je me remette au travail. Mais je n'ai jamais cessé de travailler, et comment faire pour croire à ça quand on a cinquante-trois ans et qu'on a écrit son meilleur livre dans ces conditions ? Je retournerai à la Sofres ou au RSA, ça sera plus chic. Métro puis train à la gare du Nord. Je repense à une photo que j'ai perdue à l'hôtel Amanpuri de Phuket, la photo d'un trophée du musée des Arènes de Séville. La légende était superbe : *Tête de la mère du toro qui tua Manolete*.

À la campagne m'attendaient le jardinier et une notification d'avis à tiers détenteur.

Je ris tout seul en lisant le courrier des impôts pendant que le jardinier taille les buissons.

En fin d'après-midi, après une longue sieste, à peu près au bout du rouleau, j'appelle Belinda Rouhen. Elle répond, une mégère. Elle me dit que je la dérange sur son « portable privé ». Je lui réponds que je n'ai pas le numéro du « portable public » car c'est sa sœur Natacha qui m'a donné celui-là. Vaguement radoucie, elle me donne son mail. De grand écrivain, je suis redevenu le jeune pigiste humilié que je fus autrefois (il y a vingt-cinq ans déjà).

Au pied levé, j'écris un truc assez drôle et tordu inspiré par Descott qui joue les gardes-malades au téléphone. Lui-même a fait hier soir une conférence sur son livre à Saint-Nazaire. « Il y avait, me dit-il en riant, deux personnes dans le public, une mère et sa fille. »

> Chère Madame,
>
> Excusez-moi encore de vous avoir dérangée.
>
> Lors d'un rendez-vous avec Natacha Rouhen, celle-ci m'a donné vos coordonnées.
>
> Peut-être avez-vous entendu parler du lancement de l'édition française du magazine *Vanity Fair* ?
>
> L'équipe m'a proposé un reportage sur Marcel Rouhen et son héritage spirituel, dont votre sœur et vous-même êtes les dépositaires. Chacune, par sa personnalité, son art et sa propre alchimie ayant su en faire une œuvre.
>
> C'est pourquoi j'aimerais évidemment vous rencontrer.
>
> Bien à vous,
>
> Simon Liberati

Plus rien à boire, plus rien à battre. Je vais à l'auberge pour me faire remplir deux bouteilles de côtes-du-rhône. Le téléphone sonne, c'est Belinda Rouhen. Le ton a changé. Elle me demande de l'excuser, elle se sent harcelée par les journalistes, elle me dit : « Vous êtes tellement modeste, vous ne vous êtes pas présenté. Je suis une de vos lectrices. » Mon œil ! Peu importe, l'honneur est sauf. Sans qu'elle ait reniflé l'ironie, je pense que le mot « héritage » a réveillé chez elle une sourde inquiétude. « On a beaucoup raconté de bêtises sur la collection de Marcel Rouhen, il n'y avait aucun Rembrandt. Il n'y avait d'ailleurs pas tant de choses que ça. » Visiblement, à ses yeux l'héritage moral et l'héritage tout court ne font qu'un. Je lui parle d'un livre de son père elle me coupe : « Je ne l'ai pas lu. » Pour adoucir son refus de participer à l'article (ce qui est une participation en soi) elle me propose de passer un de ces jours à son studio boire un café : « J'aimerais bien vous rencontrer. » Pure formule de politesse (d'ailleurs impolie parce que trop ouvertement formelle), j'ai envie de la prendre au mot, uniquement pour voir sa tête.

Je décide de rappeler Natacha demain pour lui raconter. Me revient en même temps une idée que j'ai eue pendant ma nuit de drogue : la mettre en contact avec Alléluia pour qu'elle produise *Les Petites Filles modèles*. C'est ce qui s'appelle faire feu de tout bois.

Samedi 20 avril. – Je retrouve l'article où j'avais lu la phrase de Morand à propos de la fainéantise. C'est dans *Papiers d'identité* un recueil datant de 1931. En frontispice la photo d'une empreinte de sa main. Ça me rappelle la dernière fois qu'on m'a pris l'empreinte d'une main complète, à la gendarmerie de Villers-Cotterêts, une après-midi de fin août après le retour de Bangkok. Ensuite, ils avaient fait des photos de police face-profil dans le couloir des toilettes devant une armoire métallique. C'est moi qui les avais aidés à retrouver l'appareil photo qu'ils avaient perdu. J'étais convoqué par l'adjudant P... pour un supplément d'enquête à la requête du procureur de Soissons, suite à ma tentative de suicide du 29 juin et aux confidences que j'avais fait aux pompiers devant les gendarmes sur la cocaïne. Tout ça s'est fini par un classement et un entretien avec une psychologue au *Point écoute drogue* à Soissons. Des grosses femmes, du genre lesbiennes ou mères de famille, m'avaient posé deux ou trois questions. Dans la salle d'attente en ambiance musicale, il y avait *Highway to Hell* d'AC/DC passé très bas. Je leur avais apporté un *Jayne Mansfield* en édition de poche que j'ai dédicacé « À toute l'équipe d'Allô écoute drogue. » Je leur ai dit que cela s'appelait, en termes de bibliophilie, un envoi intéressant et qu'il convenait de le garder. Je ne sais pas si j'ai été écouté.

L'article de Morand a pour titre *Le champ de Mars*. J'en tire cette jolie *veduta* Art déco :

> À l'heure où j'écris ces lignes, par un soir de mai – premier soir d'été –, la nuit vient de se révéler ; je vois de ma fenêtre les fleurs

voltaïques roses ou mauves marquer l'étendue de ce rectangle de fraîcheur, de silence et d'ombre qu'est le Champ-de-Mars. Des coureurs à pied s'entraînent sur l'allée cavalière, pour les épreuves de printemps. Voici les premiers appels de TSF, l'heure aux navires en mer. Au-dessus du Trocadéro, le ciel est encore clair, d'un dégradé bleu-vert sur lequel se lisent, repliées, les fumées des remorqueurs, stagnant au-dessus de la Seine, comme ces veines rousses qui brisent parfois les turquoises mortes. Devant moi, l'Exposition des Arts décoratifs incendie l'est. Au-dessus, groupées en constellation, les lumières du Sacré-Cœur, les Pléiades de Montmartre. À travers les charpentes de la Tour, si calmes et pourtant si tendues dans leur effort de résistance, on voit les étoiles.

À l'heure où je lis ces mots, un soir d'avril glacial, quatre-vingts ans plus tard, ils sont toujours d'une santé parfaite. La vraie littérature a ceci de commun avec les objets célestes et les pierres dures : elle est solide.

Après vérification : les « fleurs voltaïques », assez mystérieuses au premier coup d'œil, sont une image désignant les lampadaires électriques aux verres mauves ou roses.

Pierre m'appelle pour me raconter qu'il vient d'acheter à son vieux libraire pédé *Les Petits Poèmes en prose* de Baudelaire traduit en anglais par Aleister Crowley. Je lui parle de l'article de Morand. Il me dit qu'il a bien connu la fenêtre en question, avenue Charles-Floquet à l'époque où l'appartement était occupé par São Schlumberger. Morand la décrit dans le *Journal inutile*. C'est une vitre de six mètres par quatre, copiée sur celle du manège de Charles Quint à Grenade.

Hier, coup de téléphone de Natacha Rouhen. Entre nos deux conversations d'hier, sa sœur Belinda l'a appelé : « Depuis quand donnes-tu mon numéro à des journalistes ? » À l'écouter, Natacha a dû expliquer à Belinda que j'étais un écrivain non un journaliste et que j'avais eu le prix Femina. Elle pense me flatter et faire passer sa sœur pour un dragon obtus. J'en conclus surtout qu'elles ne sont pas si fâchées que ça, ce qui n'arrange pas mes affaires. Le bon côté, c'est que la petite araignée d'angle me semble presque apprivoisée. Elle me donne son aval si j'écris l'article en dépit de leur désaccord, mais elle maintient formellement ses réserves : « Comment voulez-vous que je réponde à vos questions si Belinda ne fait pas de même ? » Ce qui n'est pas loin de signifier le contraire, puisque déjà, elle répond à mes questions. En bonne diplomate, elle sait que son ouverture d'esprit lui servira si j'écris l'article. D'autant plus que la presse de ses livres se fait un peu plus discrète depuis quelques années. En me quittant elle me dit même : « J'attends de vos nouvelles. » Elle a enfin cessé de répéter « Simon » ou « cher Simon » à chaque phrase.

Auparavant coup de téléphone d'Alléluia. Quand je lui parle de Natacha Rouhen et de sa société de production, elle sort le crucifix : « Attention ! Son associé est un voleur de poules. » Elle me plaît quand elle me raconte qu'elle a refusé le rôle d'Agnès Soral dans *Tchao Pantin* parce qu'elle ne voulait pas embrasser Coluche. Seul souci : nous avons du mal à nous parler parce que nous nous coupons sans cesse la parole l'un à l'autre.

J'allais oublier : à propos des médisances me concernant, Natacha Rouhen a eu cette phrase : « Quelqu'un m'a dit du mal de vous, enfin quelqu'un… une attachée de presse. » On peut difficilement faire plus méprisant. Je soupçonnais une autre, je sais maintenant que c'est Golconde. La petite peste ! Je vais sortir la tapette à souris.

Manuel Carcassone prend la place de Jean-Marc Roberts chez Stock. Je lui envoie un SMS : « Sincères félicitations. » Il me répond : « Je suis très touché. » C'est l'écho.

Horreur ! J'ai coincé le DVD du film d'Alléluia, dans le vieux lecteur que m'avait offert Caroline. Il va falloir le dégager au tournevis.

Samedi 20 avril. – Flower me fait vraiment penser à feu Bob (mon bulldog) par l'art des retours en grâce. Une fois l'irréparable commis (le fromage volé pour l'un, la tromperie infâme pour l'autre), on revient en douceur, d'abord en essayant de m'attendrir : « *I am really loose* » « *I have no feelings for the boy* » « *I love you forever* » puis en faisant diversion avec des histoires rigolotes. Là, pour éviter d'être filtrée, elle m'appelle sur le fixe de la maison en riant d'entrée de jeu, comme si de rien n'était, pour me parler d'Aurore (la gérante du Montana). « *I have a very funny story.* » Elle me raconte que le soir où nous avons fini sur la banquette avec Jude Law, elle a fait croire à Aurore que Jude Law voulait coucher avec elle. Aurore était emballée car elle est fan de cet acteur et elle n'a pas baisé depuis un an.

Aujourd'hui, après un mois et demi, Flower a reçu un SMS d'Aurore : « Hello miss Simon, on ne vous a pas vue depuis longtemps, pour Jude Law c'était sérieux ? » L'histoire amuse beaucoup cette garce qui n'en finit plus de rire de sa grosse voix cassée. Elle veut conseiller à Aurore de demander son avis à Le Fur. J'imagine la tête de celui-ci. Je lui dis que je ne trouve pas ça très gentil et je raccroche. Le plus drôle, c'est que Flower n'arrive absolument pas à prononcer le prénom « Aurore » qui lui résiste malgré mes corrections et devient dans sa bouche une sorte de grognement rauque, un cri de gecko ou de grenouille à consonnance franchement barbare. Je soupçonne que toutes ces approches ont pour but de m'amener son fils demain (jour sans nurse). Il doit réclamer son poney. *No way !*

Retrouvé enfin le livre d'Erwin Rohde, l'ami de jeunesse de Nietzche : *Psychè, le culte de l'âme chez les Grecs et leur croyance à l'immortalité*. Un gros livre très intéressant et très fragile (Payot, 1928) Je l'ai acheté sur les quais un dimanche en sortant d'un défilé d'Ann Demeleumeester aux Beaux-Arts, ce devait être au printemps 2006 à la toute fin du règne de Didine. La philologie allemande, si sérieuse, est à la base de beaucoup de croyances irrationnelles du début du siècle dernier ou du moins, elle les explicite. Ainsi ce passage sur les divinités chthoniennes Hadès et Perséphone :

> Chacune de ces communautés, sans souci des conceptions niveleuses d'un royaume divin fermé (conception qu'entretenait l'épopée), sans souci des prétentions égales et concurrentes des communautés

> voisines, vénère les dieux souterrains comme s'ils n'appartenaient qu'à son sol, à sa région ; et ce n'est que dans ce culte local que les dieux chtoniens nous apparaissent tels que se les représentait la foi de leurs adorateurs. Ce sont les divinités d'une population stable, agricole et continentale ; demeurant sous la terre, ils assurent aux habitants du pays qui les révère un double avantage : ils bénissent la culture des champs et font croître les récoltes des vivants ; ils accueillent dans leurs profondes demeures les âmes des morts.

Tout Barrès est là. L'édition originale date de 1893. Cet ami de jeunesse de Nietzche a subi son influence, ils ont même songé à collaborer, ils ont beaucoup de points communs (surtout l'hellénisme), même si, selon Andler biographe de N. et analyste de leur correspondance : « La voix de Rohde est plus mélodieusement triste. » Ce livre n'est pas un manuel mais une œuvre d'art. Preuve : tout passage ouvert au hasard suscite immédiatement un écho intime. Même sentiment, en ouvrant la *Cité antique* de Fustel de Coulanges (les premiers chapitres à propos des dieux Lares et de la propriété). Nation et propriété s'élèvent sur le culte des morts. Rohde, à plusieurs reprises, compare la mythologie grecque et le folklore allemand. Ainsi sur l'enlèvement des filles de Pandaréos (op. cit. p. 60) :

> Cet enlèvement est opéré par les Harpyes ou « vent tourbillonnant », car les Harpyes ne sont autre chose que des esprits du vent d'une espèce particulièrement malfaisante ; on peut les comparer à la fiancée du diable ou à « la fiancée du vent » qui, selon les croyances populaires de l'Allemagne, passe en tourbillon et entraîne des hommes avec elle.

Il précise en note :

> Ces esprits du vent ont de sinistres relations avec l'armée sauvage, c'est-à-dire avec les « âmes » inquiètes qui voltigent dans l'air pendant la nuit.

Dimanche 21 avril. – À cause d'Erwin Rhode, je me suis endormi avec un gros volume Larousse de *Mythologie générale* qui a tiré la couverture à lui toute la nuit. « L'armée sauvage » qu'évoque Rhode en note c'est « la chasse nocturne », une tradition germanique dont on voit une trace dans des légendes de la région de Fontainebleau (et, à mon avis, un peu partout).

Cherché dans le *Fontainebleau Mystérieux* de René Alleau, en vain. Impossible de retrouver cette légende de chasse à courre fantôme passant la nuit dans le ciel que j'ai pourtant lue quelque part. J'en ai fait l'épreuve moi-même, ici, un soir de crépuscule dans un vallon perdu proche du bois du Mausolée, là même où j'ai trouvé ma tête de cerf. C'était en décembre ou en janvier, jour de brume, la nuit tombait et j'ai entendu la meute passer tout près, sur un des flancs du vallon. L'écho donnait l'impression qu'elle courait au-dessus de ma tête, et la qualité de l'air mêlait si bien les cris des chiens qu'on aurait vraiment cru à un passage d'esprits hurleurs.

J'ai retrouvé le vœu romantique de Pénélope dans le vingtième chant de l'*Odyssée* :

> Fille auguste de Zeus, Artémis, ô déesse ! viens me percer le cœur de l'une de tes flèches ! viens me prendre la vie ! à présent tout de suite ! ou qu'ensuite les vents, par la voie des nuées, m'enlèvent et m'emportent, pour me jeter aux bords où l'Océan reflue ! Filles de Pandaréus, les vents ainsi vous prirent (...) C'est alors que les Harpyies vous enlevèrent pour vous remettre aux soins des tristes Érinnyes (...)
> Que tout pareillement me transperce l'Artemis aux belles boucles ! Mais du moins qu'en l'horreur du monde souterrain j'aille revoir Ulysse.

Cette beauté s'oppose à la scène désespérante où l'ombre de Didon se détourne d'Énée. Pénélope veut mourir, Didon s'est donné la mort. L'une va retrouver son amour, l'autre s'est tuée pour lui mais le reniera en le retrouvant aux pays des ombres. L'une fut mariée d'abord, puis a aimé Énée. Pénélope est l'emblème de la fidélité. Peut-on aimer lorsqu'on est adultère ou même simplement quand on a connu plusieurs hommes ?

J'ai bien peur que Caroline se détourne de moi aux enfers (de la vieillesse), comme elle s'est détournée durant les six mois de sa maladie. Quant à Flower, c'est un fantôme, la fiancée du vent, un esprit trompeur formé de moitié par mon imagination. À la fin il me restera le vent, la chasse nocturne et cette *fiancée du diable* qu'est la littérature.

Longue conversation avec Pierre au téléphone. Il est dans son bain. Je lui parle des deux films que j'ai regardés hier à la télévision. D'abord *Pluto Nash* avec Eddie Murphy, film très drôle et bien réalisé dont je découvre aujourd'hui sur Internet qu'il a été nominé pour le titre de la pire comédie des vingt-cinq dernières années. Eddie Murphy tient un bar sur la lune, il y a des robots femelles très sexy, c'est un film canadien, le générique est rempli de noms extraordinaires que j'ai oublié de noter. Il faut que je me procure l'annuaire de Montréal. Je serais une fille, je préférerais Eddie Murphy à Jude Law et je ne parle même pas des acteurs français. En seconde partie de soirée, *Le fils du Français* de Gérard Lauzier. Une sorte de docu-drama comique sur l'Amazonie. Deux ou trois Brésiliennes canon. Josiane Balasko fait l'objet d'une passion romantique de la part d'un chef de tribu, il y a aussi Thierry Frémont, musclé, plutôt drôle dans le genre nerveux (il me rappelle mon ami E., coureur cycliste, gros consommateur de pot belge, chez qui j'ai fait des semi-partouzes à l'aube avec des filles très étranges dans un triplex aux lavabos fracassés du Quartier de l'Horloge circa 2007), il y a aussi Fanny Ardant qui transpire beaucoup des aisselles et une très belle Toyota Land Cruiser, version longue. Bonne scène où Fanny Ardant avec des vocalises à la Castafiore fait fuir un jaguar (yeux magnifiques).

Mardi 23 avril – Je me réveille tard d'une nuit de réparation après plus de trente-six heures sans sommeil. Le plan de mon article sur les sœurs Rouhen commence à bien s'articuler dans ma tête.

À Saint-François-Xavier, messe d'enterrement : un chant céleste s'élève c'est (un enfant, un castrat, un ange ?) non c'est l'*Ave Maria* chanté par Mylène Farmer (à quel moment de la cérémonie ?). Description du chœur, du public (de Sylvie Vartan à Claude Berri en passant par Thierry Ardisson, Florence Malraux, la fille d'André et de Clara et l'amie de Sagan) un veuf et deux veuves. L'une s'appelle Marie-France (on prétend, mais elle n'aime pas qu'on le prétende, qu'elle s'appelait autrefois Mario et qu'elle était travestie à l'Alcazar (*Rose Poussière)* L'autre reconnaissable à sa coiffure à la lionne, œuvre remarquable d'Alexandre Zouari, c'est Natacha Rouhen. Manque au tableau l'amie de jeunesse, l'autre sœur, photographe érotique aux yeux de méduse pétrifiante. Son absence fait jaser comme tout ce qui entoure cette famille à la fois provocatrice et blindée. Depuis plus de vingt ans, les sœurs Rouhen qui refusent toujours tout portrait croisé à la presse, officient chacune dans leur domaine : portrait officiel et porno-chic pour Belinda l'aînée, la photographe, romans familiaux à clés et production cinéma pour la mystérieuse Natacha, compagne du producteur Claude Bébert, belle-mère d'un autre producteur de cinéma et amie très intime de Mylène Farmer. Tout cela serait normal si Natacha n'était pas encore mariée à l'éditeur Brisemiche. Aujourd'hui c'est l'absence de Belinda qui crée la rumeur. On les dit fâchées pour une sombre histoire d'argent.

Lorsque la voix de Mylène Farmer s'éteint, chacun retrouve le présent de la cérémonie. Le veuf se souvient…

Qui était Frédéric Barnum ? Peut-être le seul personnage sympathique de l'assemblée. Le seul en tout cas qui fasse l'unanimité. Sur son portrait d'obsèques il ressemble à une sorte de Michel Rocard pédé (dixit Pierre Le-Tan). Barnum c'est le *Paris by night* disparu, les cabarets, l'ami de Françoise Sagan, le flambeur des champs de courses.

Le cercueil de Barnum, d'abord inhumé dans le caveau familial de Seine-et-Marne, a été exhumé depuis et enterré dans la petite ville de... dans l'Eure non loin de la tombe d'Alice Goldet. C'est Natacha Rouhen en accord avec l'héritier qui a décidé de recueillir son premier mari parmi ses propres lares. Suit l'histoire de la famille Rouhen, depuis le général Rouhen, juif militaire ami du maréchal Pétain, Marcel, le personnage clé jusqu'à Natacha et Belinda. (Souvenirs des d'Ormesson et de Yves Poutou, élevé avec Belinda à l'École alsacienne.)

Belinda absente aux obsèques du vieil ami. (Stéphanie Cauchois dixit.) On murmure que les deux sœurs sont fâchées depuis la mort de Marcel. « Une banale histoire d'héritage » selon Dominique M. (dernière compagne qui se présente comme « la poule de Marcel »). « L'une se croyant lésée par l'autre. »

Témoignage de Natacha et portrait de Natacha.

Refus de témoignage de Belinda.

Témoignage de Marie-France qui présente Natacha comme une gentille sorcière.

Le reste à construire d'après ce que me dira cette après-midi Valérie Solvit. (La langue de vipère de service.)

Me reste à appeler Françoise d'Ormesson, Jean d'Ormesson, Brisemiche, Florence Malraux, Christine Orban, Yves Poutou et Serge Bramly, remarié avec Marine Saglio, une Schlumberger ex-belle-fille de Henri Seydoux, le père de Léa et mari de Farida.

J'ai connu Marine quand elle avait dix-huit ans, nous avions regardé ensemble sur mon lit à Barbès *Papy fait de la résistance*. Elle s'était émerveillée de ma douche à l'italienne (une douche suspendue au-dessus des cabinets). C'était à la fin des années quatre-vingt, je l'avais rencontrée par Nicolas Hidiroglou et sa cousine Julie Leibowitz, la belle-fille de Carole Bouquet. Mon taudis de Barbès avait encore l'électricité, puisque nous avions regardé la télé. Sa mère avait épousé Saglio, un aristocrate italien, puis Henri Seydoux. Un soir, Marine m'a proposé de visiter la serre et le jardin des Schlumberger rue Saint-André-des-Arts mais je ne sais pourquoi j'avais mieux à faire. Elle parlait toujours des Schlumberger en disant, « nous les Parpaillots ».

Coup de téléphone de Flower. Elle arrive de Monaco, elle a pris l'avion avec Bernard-Henri Lévy et Arielle Dombasle qui lui a dit le plus grand bien de moi et de mon livre. « *I was very proud.* » Le restaurateur monégasque (le pédé, celui du dîner chez Anahi avec les travestis russes) investit un million d'euros dans un projet avec elle. Tout ça se finira avec les pieds dans du béton. Nous convenons de prendre un verre au Flore ce soir.

À la fin de la conversation, en parlant de BHL et Dombasle, Flower me demande : « *Who are these persons ? I see six bodyguards.* » Je lui explique l'histoire de la guerre de Libye. J'ai beau ne plus regarder les actualités ni lire un journal sérieux depuis trois ans, la politique est inévitable. Le *name droping* avec une sauvage restant la manière la moins assommante d'en parler. J'aime l'idée que Flower m'estime en tant qu'écrivain parce qu'une femme protégée par six gardes du corps lui a dit du bien de moi.

Jeudi 25 avril. – Je suis réconcilié avec la Chahbanou que je soupçonnais, bien à tort, d'être l'auteur de la lettre anonyme de la Saint-Valentin. Il m'a rappelé mardi après-midi. Je sortais d'un café où j'avais bu du rosé avec Édouard Merino et Melvil Poupaud, j'étais sur le chemin de l'église Saint-François-Xavier où je devais trouver le curé (un évêque) et faire des repérages pour le début de l'article de *Vanity Fair*. Comme toujours très content de le retrouver. Je n'ai jamais ressenti aucune rancune pour quiconque. On peut me faire les pires horreurs, je pardonne toujours. Ce n'est pas de la bonté mais de la légèreté. Passer un bon moment avec quelqu'un qui m'a fait du mal m'amuse davantage que de me murer seul dans le ressentiment. En vouloir aux gens exige une estime de soi qui me manque tout à fait. De même que je suis capable de coucher avec à peu près n'importe qui, je ne me défends jamais, et me venge encore moins. Qu'est-ce qu'il y aurait à défendre ? Ceci est valable aussi pour mes proches, on peut violer ma femme ou dépouiller mes parents, les assassiner même, sans que j'arrive vraiment à en vouloir à l'auteur du méfait. Bref, je ne suis pas Charles Bronson. Trente-cinq ans d'amitié et de rigolade avec la Chahbanou valent mieux que des explications.

L'entretien avec Valérie Solvit ne m'a rien apporté de bien neuf. Elle ne sait rien sur rien. La personnalité de Belinda m'échappe toujours. En revanche, Pierre m'a donné un bon avis, c'est dans les dessous-de-table que se jouent les conflits d'intérêts. Dans la succession Rouhen, le butin caché de Marcel Rouhen doit se trouver à l'origine de la fâcherie.

La soirée de mardi m'échappe en partie. J'avais tellement bu et tant pris de trucs que j'ai un trou noir. Je ne me souviens ni du Flore, ni trop bien de Flower, ni du Montana. Je me souviens seulement avoir fixé Flower sans mot dire avec une grande intensité. Je sais aussi que j'ai pissé dans un taxi avant de rejoindre l'appartement de la Chahbanou vers quatre heures du matin. Jean-Stanislas est repassé encore une fois vers cinq heures du matin puis nous avons traversé un tunnel de drogue de concert. Je me souviens que nous avons regardé *Sunset Boulevard* vers onze heures du matin (lourd, malgré les beaux yeux de Gloria Swanson), puis un ami, Éric Unger, est arrivé vers deux heures. Il transportait des pochons en plastique remplis de bouteilles de vin. On a bu du blanc. J'avais coupé mon téléphone par peur d'être harcelé par Caroline, je l'ai rallumé vers cinq heures en partant de chez la Chahbanou complètement déboussolé. J'envisageai sérieusement de monter au 118 pour me jeter par la fenêtre.

Deux heures plus tard je dînai chez Daniel Hourdé avec Frédo Chaleil et Alléluia qui m'a apporté son scénario.

La présence d'Alléluia à ma gauche m'était très agréable, j'aime bien la faire rire. Elle a gardé quelque chose d'enfantin et elle porte toujours, en dépit des années, la charge mystérieuse qui était la sienne la première fois que je l'ai vue à l'automne 1979.

La couverture de son scénario s'orne de la photographie d'une DS 19. En passant le coin de la rue de Turbigo en taxi, le scénario sur les genoux, je me suis souvenu d'avoir été à l'arrière d'une DS il y a bientôt trente-quatre ans. La voiture était en panne d'essence, Alléluia, qui devait avoir treize ans à l'époque, était assise à la place du mort et au volant, Carlos, son fiancé. Alléluia, en short, piquait une crise de nerfs. Je ne sais plus qui était près de moi à l'arrière, peut-être la petite Laure ou Edwige. Cette scène violente a traversé les années. Je n'en ai pas parlé à Alléluia. Je la garde en moi. J'ai failli l'utiliser pour l'*Anthologie* en la transposant dans la Rolls de Ben Chemoul.

Cet épisode en voiture m'a aussi inspiré un passage, près du Moulin Rouge dans *L'Hyper Justine*. Et la voilà maintenant qui revient tel le bateau du Hollandais Volant avec, à son bord, la vraie inspiratrice. Plus les années passent, plus la vie se montre romanesque.

Me voilà donc aujourd'hui en train de laisser entrer avec joie dans ma vie, non pas quelqu'un d'apparenté par son caractère ou son charme aux personnages d'un de mes livres, mais l'objet même, qui exerça, à l'époque de ma plus grande sensibilité, vers dix-neuf ans, la fascination à l'origine d'un livre qui réclamerait trente ans de maturation. Alléluia ou plutôt « la petite Alléluia », comme on l'appelait autrefois, nymphette de douze ans, détraquée, sublime et agressive est, avec la petite Babsi morte d'overdose à Berlin, l'emblème d'*Anthologie des apparitions*. C'est Babsi qui figure sur la couverture de l'édition de poche, mais c'est Alléluia qui dort au cœur du livre, comme par un fait exprès à la page 113.

Maurice tu es superbe !
Il fallait que la petite Eva soit vraiment en manque pour montrer pareil enthousiasme qui, bien que relatif – elle avait prononcé ces mots avec l'intonation d'une somnambule se prêtant à une séance d'hypnose –, jurait avec le caractère d'ordinaire renfrogné du personnage. Tout compliment faisant joie, le « gorille » s'arrêta devant la psyché, dont il remplissait les trois panneaux, et, s'abîmant dans une extatique contemplation de lui-même, il caressa sa barbe et modifia légèrement le bosselé d'un borsalino dont le seul ruban aurait suffi à habiller la jeune toxicomane qui, avide de sa récompense, imposait dans les glaces une triple petite tête de mort aux yeux anxieux.
— Tiens mon Eva, puisque tu es bien gentille aujourd'hui, voilà un Bounty.
Un Bounty dans leur jargon d'alors, était un billet de cinquante francs.

Alléluia était bien plus que la petite Eva du livre. Elle imprègne tous les personnages de fillettes de l'*Anthologie*. Marina lui doit beaucoup, Sophie aussi. Avec le temps, le personnage s'est adouci mais il a gardé de son scintillement. Quand elle dit ce soir (à Daniel, je crois) avoir « adoré le livre », l'étrange femme qu'elle est devenue m'offre une récompense que je n'aurais jamais espérée. À la parution de l'*Anthologie*, ayant figé le souvenir des êtres d'autrefois, violents, bagarreurs, agressifs, snobs et nihilistes, je ne pensais pas un jour entendre cela sortir de la bouche de celle qui inspira, en partie, mon envie d'écrire. En la voyant vieillie, je trouve que cette bande était plus artiste au sens romantique du terme que ce que j'ai vu pousser depuis, sur les trottoirs et les boîtes de nuit à Paris.

Vendredi 26 avril. –

> *Credule, quid frustra simulacra fugacia captas ?*
> *Quod petis, est nusquam ; quod amas, avertere, perdes.*
> *Ista repercussae, quam cernis, imaginis umbra est.*
> *Nil habet ista sui, tecumque venitque, manetque ;*
> *Tecum discebat, si tu discedere possis.*

J'ai retrouvé ce matin cette apostrophe du poète à Narcisse dans les *Métamorphoses* d'Ovide (III, 432-36). Voici la traduction qu'en donne l'édition Garnier de 1866 :

> Insensé, pourquoi vouloir t'emparer d'un objet qui te fuit ? Cet objet que tu recherches n'existe pas ; cet objet que tu aimes, si tu tournes la tête, va s'évanouir. Le fantôme que tu vois c'est ton ombre réfléchie ! Sans consistance par elle-même, elle vient et subsiste avec toi ; elle s'éloignerait avec toi si tu pouvais t'éloigner.

L'ex-libris du volume que je tiens en main (un tampon violet) est au nom d'un certain Édouard de Goldschmidt, les Goldet ne veulent décidément pas me lâcher. J'avais acheté quatre jolis tomes d'Ovide reliés en vert chez Josée de Lurps, libraire rue du Cherche-midi, voici au moins trente ans.

Pierre, qui m'avait suivi au Flore mardi, m'a parlé hier de ce long regard que j'ai lancé à Flower. Il y a lu « un mépris extraordinaire ».

Dès que le langage n'est plus là, les interprétations varient. Peut-être Pierre a-t-il bien lu ou peut-être a-t-il simplement projeté, dans ce regard d'amour pour un double échappé, qu'un peu d'eau de mes yeux et tout le vide du monde séparent désormais de moi, sa propre hostilité ?

J'ignorais le lien amoureux qui unit Écho et Narcisse. À la suite du rôle de soubrette qu'elle jouait dans les intrigues de Jupiter avec d'autres nymphes, Junon a condamné la nymphe Écho à ne pouvoir que répéter les derniers mots des paroles qu'on lui adresse. J'ai connu une beauté d'origine allemande, désormais retirée dans un asile psychiatrique à Goa, qui souffrait de la même peine, répétant toujours les derniers mots prononcés par son interlocuteur. La fille de Saturne était passée par là…

Écho suit le chasseur perdu dans les bois et, à chaque fois qu'elle s'approche de lui, elle s'embrase davantage, « comme une torche soufrée s'allume au contact du feu ». Image classique, qui se retrouve, je crois, dans *Roméo et Juliette*. Prise au piège des paroles que le sortilège de Junon l'oblige à renvoyer aux cris de Narcisse, la nymphe finit par se jeter dans les bras du jeune homme mais celui-là la repousse. « Plutôt mourir, lui dit-il, que de m'abandonner à tes désirs. »

> Méprisée, elle se retire dans les forêts, et cache sous le feuillage la rougeur de son front. Depuis ce moment elle habite les antres solitaires ; mais dans son cœur vit l'amour sans cesse irrité par un refus.

La présence des nymphes dans les bois et les antres solitaires, leur persistance due à la protection des feuillages, participe au charme, à l'attirance irrationnelle qu'exerce sur moi la forêt. Plus timides encore que les biches, plus rusées que les prédateurs, on ne les voit jamais, elles sont toujours là, ainsi que les autres créatures anciennes. Toulet n'avait pas tort. L'influence qu'elles exercent est-elle bonne ou mauvaise ? Les deux peut-être. Les bois seuls ont su consoler mon cœur mais ce sont eux qui ont pétrifié ma solitude au point de me rendre inaccessible à certains sentiments, ordinairement qualifiés d'« humains ». Tel Philoctète, le héros de Sophocle ou Ben Gun, le personnage de *L'Île au trésor*, je me suis ensauvagé.

En dehors d'un manque de compassion, on m'a souvent reproché mon indiscrétion et mes bavardages intempestifs. J'en ai trouvé la cause ce matin dans le *Journal littéraire :*

> Cela vient de ce que je n'ai pas grand-chose à dire aux gens qui viennent me voir. Alors, pour dire quelque chose, je dis des choses que je ne devrais pas dire.

Samedi 27 avril. – Le mélange entre ma vie personnelle mon travail, même journalistique, et tous les éléments de la vie quotidienne, arrive à une tenue particulière, très dense qui me rassure. Peut-être est-ce l'effroi, dû à la menace extérieure, qui fait se resserrer les atomes qui constituent ma conscience, un peu comme ces communautés qui resserrent leurs liens sous le coup d'une guerre ou d'une catastrophe. Ce matin, réveillé par l'angélus je ressens les symptômes habituels de la gueule de bois. Hier soir j'ai bu beaucoup de vodka avec les Gramont. Je ne me sens pas anxieux, car l'expérience des redescentes de cocaïne m'a immunisé contre toute angoisse du matin. J'ai mal dans le ventre, la tête baignée d'ondes douloureuses. Une pointe de lumière dorée éclaire la chambre, le miroir vénitien, l'armoire des Montesquiou, le landau de poupée noir qui contient le couteau de boucher, le bonnet de dentelle chantilly du XVIIIe siècle et la croix de confrérie que Golconde m'avait offerte à Venise. Cette pointe de lumière dorée, celle d'un printemps d'avril, le fait d'être un samedi, tout cela me réjouit. La lumière dorée, c'est celle de la Farnésine à Rome, c'est celle du lever du jour dans la vieille Castille, c'est un Tintoret diurne, un Sodoma champêtre. Je ramasse Erwin Rohde. Ce gros volume poussiéreux est âgé de presque cent ans. La couleur de sa couverture papier s'est altérée sous la lumière, le dos est brûlé, la teinte d'une cigarette au fond d'un cendrier contre quoi on a laissé brûler d'autres cigarettes. Cette teinte porte en soi-même la notion de fragilité, elle se nuance sur les flancs qui ont dû rester longtemps serrés contre d'autres livres jusqu'à rester presque verte, plus solide, autour de l'encrage bleu du titre : *Psyché, Le culte de l'âme chez les Grecs et leur croyance à l'immortalité*.

Je l'ouvre au hasard en prenant garde de ne pas faire éclater le dos, déjà fendu de plusieurs déchirures verticales. Je tombe sur une légende concernant la tombe de Thésée. Rohde et moi avons le même goût pour les idées fixes, chaque morceau portant la griffe de ces ruminations. Je retrouve dans les lignes tirées du sommeil la thèse selon quoi certains cultes très antiques enterrés sous le glacis culturel de l'épopée auraient survécu à Homère pour continuer leur lente évolution souterraine. Rohde, en bon savant, part d'un fait culturel très simple : le passage de l'enfouissement des cadavres à leur crémation. À une certaine époque primitive, le culte local des héros était lié à la présence de leur corps sous la terre. On ne brûlait pas encore les cadavres, et les posséder prêtait à la population quelques vertus magiques. Refermant le livre j'en viens naturellement à mes préoccupations présentes : la nécessité d'écrire cet article sur les Rouhen pour rentrer cinq mille euros. Au lieu que ce souci vienne me troubler dans ma méditation, il s'y intègre dans la magique fumée des carreaux éclairés de cette belle lumière dorée. Le livre de Rohde a dormi près de moi à la place de la vivante possession qui m'a échappé. L'absence de Flower, si sensible le samedi et que l'alcool rend plus sensible encore, ouvre ma conscience à une idée nouvelle, celle de la possession. Je comprends alors l'exhumation du cadavre de Barnum et son réenterrement dans le cimetière familial, près d'Alice Goldet. Afin d'éviter que « les cendres s'envolent », que la mère s'en aille, la petite araignée d'angle enterre son butin, ses morts, dans sa toile familiale. La phrase toute faite qu'elle m'a dite lors de notre unique déjeuner : « L'héritage est la contrepartie du travail de deuil » éclaire peut-être l'objet de la dispute. Les biens et les morts sont pour ces filles juives dénaturées, donc primitives, la même chose. Ce qui explique aussi la réaction de Belinda lorsque je lui ai parlé d'héritage moral : « Il n'y avait pas de Rembrandt. »

Content d'avoir avancé, je suis descendu prendre mon petit-déjeuner.

Dimanche 28 avril. – Flower est partie à Bangkok. Alléluia dort à l'étage. Retrouvé le portrait de l'ami italien de Tennessee Williams :

> À six heures et demie on nous annonça Tennessee Williams. Arriva donc un homme bref, avec des cheveux blonds, des yeux bleus et un regard amusé, qui était depuis la mort de Whitman et reste à mes yeux le grand poète de l'Amérique. Il était suivi d'un homme brun, l'air gai, peut-être l'homme le plus charmant de l'Amérique et de l'Europe réunies, nommé Franco, inconnu et qui le resta.

Qui m'expliquera la magie de ces phrases ? Lues il y a plus de vingt ans elles ont laissé une empreinte profonde dans ma mémoire. Bien sûr je les avais déformées, j'avais oublié leur balancement rhétorique, avec la très appuyée répétition du verbe rester. Le dernier passé simple, donnant cette note mélancolique sans quoi les souvenirs ne seraient pas un peu des regrets. J'y avais ajouté une idée générale qui n'y est pas : qu'auprès de ces grands séducteurs que sont certains artistes (Tennessee Williams, mais aussi Françoise Sagan elle-même) vivaient des gens charmants et méconnus. Seul, peut-être, Hemingway les met en valeur, mais en les éclairant d'une lumière trop crue, il les gâche un peu. Schuhl en a bien parlé.

Lundi 29 avril. – Alléluia est entrée dans ma vie en deux nuits. Pour la première fois, samedi, chez Marie Beltrami alors que nous nous tenions la main au vu et au su de tout le monde, je l'ai vue sourire. Un sourire si étrange, un regard si appuyé que j'ai failli prendre peur. Par certains côtés, on pourrait craindre qu'elle soit folle. Il émane d'elle, sous le naturel et le négligé, un charme insinuant. On dirait que la petite fée d'autrefois est restée cachée dans le corps de la femme adulte. Elle apparaît parfois, surtout allongée dans un lit. Ses yeux changent de couleur assez souvent et elle perd aussi beaucoup la mémoire. Dimanche, lorsque nous sommes arrivés à la campagne après une nuit d'amour, elle avait perdu des bribes entières de la soirée. Ce qui explique son air souvent absent et les étranges intonations qu'elle met à certaines phrases.

Mardi 30 avril. – Je viens de lire le texte d'introduction qu'Alléluia a écrit pour son adaptation des *Petites Filles modèles* de la comtesse de Ségur. Il en émane une grande pureté. Toutes les heures que j'ai passé avec elle depuis samedi en sont éclairées d'une lumière nouvelle.

Les sœurs Rouhen ont enfin montré un autre visage. Tout a commencé hier en début d'après-midi par un appel de Gentil Gilbert. Il aurait été durement sermonné par Belinda à mon propos. Il s'est fait tancer pour m'avoir donné le numéro de Natacha. (Qui a pourtant cinquante-quatre ans et a priori toute sa tête.) Faux, puisque Gilbert, qui sait son monde, a donné mon numéro à Natacha et non l'inverse. Craignant Natacha, qui met, d'après lui, toujours un certain temps à réagir, il m'appelle (avec un ton de chef de rang) pour avoir mon son de cloche. Rien qu'au son de sa voix je sais que son parti est pris et qu'il a reçu l'ordre de me décourager d'écrire l'article. Je joue les innocents affolé, moitié par jeu, moitié parce que je me sentais tiédir depuis quelques jours. À vrai dire j'étais gêné par le rapport de sympathie que Natacha a su feindre entre nous, et leurs histoires commençaient à m'ennuyer un peu. Je finissais par croire Natacha qui me disait à propos de sa sœur et d'elle-même : « Nous ne sommes pas très intéressantes. » Coup de théâtre : leur méchanceté soupçonneuse est en train de sauver l'affaire. Gilbert raccroche en me disant qu'il va aux nouvelles et qu'il me rappelle plus tard. Une demi-heure passe et le téléphone sonne. Gilbert, de plus en plus autoritaire sous l'effet de l'affolement feint ou réel, m'enjoint (m'ordonne presque) de tout arrêter car Natacha a reçu un mail accusateur me concernant. J'en donne ici copie :

Expéditeur : Louis de Breteuil
Date : 29 avril 2013 17:57 : 04 HAEC
Destinataire : Natacha.Rouhen
Objet : Vanity Fair / Liberty
Chère Madame,

Je vous contacte au sujet de M. Liberty. Je voulais vous dire qu'il a proposé un grand papier sur « l'embrouille de sœurs Rouhen » à la rédaction de *Vanity Fair*. Il enquête sur vous, sur les affaires de votre père pendant l'Occupation. Il dit bien vous connaître, avoir pas mal d'informations sur vous, votre sœur et votre père. Il se vante de vous avoir beaucoup fréquentée du temps de son amitié avec Constance Palmer. Vous ne devez pas ignorer le portrait bien déplaisant qu'il a fait de cette dernière et de vous-même dans son livre *L'Hyper Justine*. Où il donne des détails plus que gênants sur la manière dont vous poussiez cette jeune fille à se prostituer, parle de votre trio amoureux, raconte beaucoup d'anecdotes et fait de vous une femme perverse (« seulement une femme perverse pourrait offrir un camée pour une camée (CP) » dans le livre et raconté mille fois dans les soirées parisiennes).

Je n'aime pas cet individu et je sais qu'il aime compromettre les gens. À la rédaction, certaines personnes sont choquées par la façon dont il parle de vous et de votre entourage.
Il a écrit et publié un texte très douteux dans *La Revue littéraire* (n° 34/35) où il tient des propos nauséabonds. À propos des *Bienveillantes* : « Toute fascination n'est-elle pas forcément malsaine ? Je dois avouer que dès l'enfance j'ai été ému sexuellement par le IIIe Reich, par les brutalités et les actes barbares commis durant ce qu'on a appelé tour à tour la déportation, les camps de la mort, la solution finale, l'holocauste et maintenant la Shoah. » Il répond à ceux qui sont heurtés ou choqués par ces propos que vous le soutenez, et que vous aimiez ce texte. Je ne le crois pas. Peut-être ignorez-vous même l'existence de celui-ci ?
Il va vous éclabousser. Faites attention à lui.

Navré de vous faire parvenir ce mail déplaisant. Je pense que vous me serez reconnaissante un jour.

Bien à vous,

Louis de Breteuil

Cette jolie prose ressemble, par son ton perfide et certaines subtilités ironiques, à la lettre anonyme qu'avait reçue le mari de Caroline. Les mêmes fautes d'orthographe volontaires (corrigées dans la version de la lettre que j'ai recopiée) s'y retrouvent. Le corbeau n'est pas familier des particules (majuscule au « de »). Je crois désormais savoir à quoi m'en tenir. Il s'agit à n'en pas douter de… Elle prend des risques ! J'avais raison de penser qu'elle était folle. Je comprends mieux pourquoi son fils a peur des sorcières… Tout se recoupe : le mobile bien sûr (triple ici puisqu'il s'agit de me perdre aux yeux des Rouhen, de faire tomber ma collaboration avec *Vanity Fair* et de me fâcher avec Gentil Gilbert). La présence d'une des amies intimes de Golconde à la rédaction a permis à une autre amie, Jeanne Corbeau (sic), employée chez Brisemiche, de faire suivre le mail jusqu'à Taroudan où quelqu'un (Qui ? Je serais curieux de le savoir.) l'a montré à Anne Boulay.

De chef de rang, Gilbert, sous le prétexte de ce mail est devenu adjoint de sécurité. Il aboie : « Tu dois arrêter immédiatement cet article ! Ça prend des proportions énormes ! Si Belinda apprend ça… Tu sais qu'elle est mariée à un célèbre avocat. » Des menaces maintenant… Quant aux « proportions énormes », elles restent, à mon avis, assez modestes. Le plus drôle, c'est qu'on me traite comme un méchant alors que je suis la victime. J'ai de l'amitié et de la reconnaissance pour Gentil Gilbert parce qu'il a beaucoup travaillé à mon prix Femina et qu'il me fait rire, souvent volontairement, surtout quand il se mouche dans sa serviette au Fouquet's mais ce ton ne me plaît pas beaucoup. Le pire c'est qu'il me calomnie (en tant que menteur) : « Je ne sais pas qui dit vrai… qui dit faux… » Je n'en montre rien, le coup bas m'a ébranlé. La haine me fait toujours un effet étrange, à moi qui n'ai jamais haï personne. J'appelle Natacha qui adopte un ton plaintif, sensible et accablé qui ne lui va pas mal du tout. Comme je suis vraiment touché je n'ai pas de mal à jouer les pleureuses. Je lui parle de la lettre anonyme de Caroline : « Je sais que vous comprendrez Natacha, j'ai une vie compliquée… » Elle me parle du camée qu'elle a offert à Constance Palmer après son overdose ratée au Baron. Jamais je n'aurais imaginé cela, une conversation avec le modèle original de Natacha Mordoret sur le fameux camée offert en cadeau d'adieu à une camée. Aussitôt raccroché. J'appelle *Vanity Fair* pour me plaindre de la méchanceté humaine et dire que je veux arrêter. Ils insistent pour que je continue. Il est vrai qu'il est dommage d'avoir secoué la toile et d'abandonner les araignées*.

*Note ajoutée en 2021 : *En septembre 2017, la même personne a envoyé le même genre de lettre avec photocopie de ma recension des* Bienveillantes *de Jonathan Littell pour* La Revue Littéraire *à la journaliste qui devait faire un portrait pour* M, le supplément du Monde. *J'ai dû expliquer à la journaliste que l'article avait été relu et approuvé par Florent Georgesco, actuel rédacteur en chef adjoint du* Monde des livres *et à l'époque directeur de* La Revue littéraire. *Tout en reconnaissant les mérites du livre, je l'assimilais à la littérature de Nazi-exploitation du type des ouvrages de Christian Bernadac.*

Jeudi 2 mai. – La fête du travail a été une journée éprouvante. Les épreuves fortifient, le sentiment que j'ai pour Alléluia, le désir de rester digne d'elle, m'ouvre des réserves nouvelles. Mardi soir après toutes ces embrouilles, pour reprendre un terme que j'ai piqué à Brisemiche et, via sa complice, à l'auteur du mail anonyme, je suis rentré à la campagne. Autre sujet de tension nerveuse : la séparation que je souhaite avec Caroline qui m'accable une fois de plus de plaintes et de messages agressifs. Comme j'ai refusé de faire l'amour avec elle depuis que j'ai passé la nuit avec Alléluia, elle est déchaînée. La mort prochaine de sa mère ne fait qu'aggraver cet état. Son obsession du désamour (la version féminine du complexe de castration selon les Viennois) prend des proportions d'autant plus grandes qu'il s'appuie sur une vérité secrète, qui d'ailleurs ne la regarde pas. Heureusement, elle est partie à Marrakech pour une semaine. Il me restait de la cocaïne, un gramme et demi. Je l'ai prisée en quelques heures.

Le tunnel de trop. Je suis sorti de là complètement affolé. Vers quatre heures de l'après-midi, sans le vouloir, Jean-Jacques me trouble encore davantage en m'annonçant que Brisemiche l'a joint, via un MMS vocal, pour le mettre en garde contre moi.

La drogue accentuant la menace d'une persécution, je me laisse démonter. Il n'y a plus une goutte d'alcool dans la maison et je suis incapable d'aller à l'auberge acheter du vin. Je résiste à l'envie de couper du parfum avec des glaçons et de l'eau comme je l'ai déjà fait plusieurs fois. Les quelques anxiolytiques que Caroline n'a pas jetés à la poubelle sont périmés. Je prends un bain pour essayer de refréner l'angoisse montante qui me pousse à errer dans toutes les pièces de la maison à la recherche d'un verre d'alcool oublié en disant à haute voix : « Je vais me pendre, je vais me pendre... » Jean-Jacques, qui a entendu mon trouble, me rappelle plus tard. Il me rassure en me confirmant le peu de respect qu'il a pour Brisemiche, me rappelant le jugement de Philippe Sollers à son endroit : « Un porc. » Il juge par ailleurs, peut-être un peu légèrement, que les Rouhen n'ont aucun pouvoir de nuisance. Je reste toute l'après-midi dans un état de marasme lié à la redescente. J'ai Pierre au téléphone, en vacances à Bruxelles, ainsi qu'Alléluia, que je me décide à appeler. J'étais resté muet alors qu'elle m'avait envoyé un texto à dix heures trente. Nous convenons de nous voir le lendemain (c'est-à-dire ce soir).

Je ne lui parle pas de mon état, pour ne pas la mettre dans une position maternelle que je réprouve et qu'elle doit réprouver aussi. Au fond, j'ai le même rapport avec elle qu'avec Jean-Jacques ou Ingrid, on se comprend sans se plaindre. Cela doit s'appeler de l'estime.

Dimanche 5 mai. – Ce matin je tombe sur la phrase de Léautaud que j'avais citée au début de l'article rédigé pour Olympia Le-Tan voici quatre ans : « Curieuse chose que la succession des idées. » Je l'avais trouvée le matin même avant de me mettre à écrire. Voilà donc le temps qu'il me faut à lire le *Journal littéraire*. Quatre années, presque un lustre. Le temps de la lecture et le temps de la vie appartiennent à deux dimensions parallèles. Le lecteur a moins vieilli que l'homme, il a surtout moins changé.

Dans l'existence réelle il y a des accélérations foudroyantes que le lecteur ignore. Depuis que j'ai lu cette phrase pour la dernière fois, j'ai vécu un nombre de vies considérables. À travers toutes les réincarnations, le moi lecteur, comme un végétal, a peu bougé. Il change de moins en moins vite à mesure que l'âge avance. Je ne crois pas qu'il reste immobile, mais il bouge si lentement que son regard se plonge dans ce qu'il voit avec davantage de profondeur. Je ne finis pratiquement jamais plus un livre, mais presque tout ce que je choisis de parcourir me parle au plus intime. C'est que je choisis mieux mais surtout que je suis plus fécond. À l'âge que j'ai atteint, ma force alchimique est très puissante.

Alléluia dort à l'étage. Tout à l'heure avant que je me lève, elle m'a demandé de la serrer dans mes bras. Sa voix était celle d'une enfant. Je pense qu'elle dormait à moitié et qu'elle baignait dans un état crépusculaire, quasi somnambulique. C'est la fillette qui parlait, l'obscur double qui dort en elle. Les épreuves qu'elle a traversées à l'âge le plus tendre ont troublé sa capacité d'expression, ainsi que certaines intonations. Elle parle par saccades avec une sorte de monotonie, un sérieux indéchiffrable. Parfois, comme hier soir lors de notre conversation sur Sharon Tate, elle semble vouloir sortir quelque chose d'inexprimable. Elle essayait de me dire sa conception tout originale du passage à l'acte et du crime de groupe et de ce qui a dû se passer vraiment dans la maison de Cielo Drive, et qui, d'après elle, échappe à jamais à la reconstitution policière (où elle ne voit qu'une mise en scène). Sans m'expliquer pourquoi elle m'a fait répéter la phrase augurale d'un des meurtriers réveillant la seconde victime : « Je suis le diable et je suis venu pour faire le travail du diable. » « Il a vraiment dit ça ? » m'a demandé Alléluia. Le matin elle m'avait raconté (poursuivant ses confidences sur Saint-Tropez de la nuit précédente) qu'elle s'introduisait dans des propriétés la nuit alors qu'elle avait à peu près quatorze ans. Encore une fois, ces confidences étaient lacunaires, comme si sa mémoire se troublait à certaines investigations. Ses propos résistent à mon intelligence comme ces œuvres vraiment nouvelles, musicales, ou ces esprits particulièrement singuliers (je pense à Ezra Pound). Elle n'est absolument pas maniérée, son naturel est profondément troublant. Tout en étant d'expression française, elle parle assez souvent une langue qui m'est étrangère, pleine de commentaires inachevés, d'embryons de phrases, d'arrêts qui correspondent à des blocages, à des sortes de trous dans son raisonnement, ou alors à des associations obscures. Elle est à mes yeux l'être le plus inspirant jamais rencontré. Quelle chance, trente-quatre ans plus tard, d'avoir retrouvé une seconde fois sur ma route cette apparition de ma jeunesse grâce à un livre qu'elle a, pour partie, inspiré et qui a éveillé en elle les échos les plus intimes.

Lundi 6 mai. – Hier, alors que je l'accompagnais à la petite gare de Longpont, Alléluia m'a raconté un autre épisode de sa jeunesse qui m'est apparu comme un passage oublié d'*Anthologie des apparitions*. Elle se trouvait, elle ne sait plus comment, en Égypte, habillée d'une robe de strip-teaseuse avec Charlie, son copain de l'époque. Elle regardait son gros ventre dans la piscine de l'hôtel sans comprendre qu'elle était enceinte. « Je croyais que j'avais bouffé trop de houmous et que ça fermentait. » Je lui demande quel âge elle avait. Elle me répond pour une fois sans hésiter : « Treize ans. » Nous étions assis dans le refuge SNCF et, pendant qu'elle me parlait, je regardais le soleil de fin d'après-midi qui baignait les arbres à peine ouverts. Je sentais la chaleur du printemps, semblable à celle de jadis, avant 1980, vers 1976 ou 1977. Soudain la lumière rouge s'est allumée sur le passage et il a fallu traverser les voies à toute vitesse. L'Alléluia d'aujourd'hui courait derrière moi avec son gros sac que je n'avais même pas pensé à lui porter et je lui ai dit : « Allez grouille ! » En entendant ces paroles, je me suis rendu compte que je m'adressais à l'Alléluia d'autrefois. Le train passait le tournant. Très étrange cette confiance, née de la certitude d'une intimité si grande avec elle que j'en oublie les marques (les masques ?) de galanterie ou d'attention dont j'use avec les femmes depuis Didine, en partie par désir de les mettre à distance. Alléluia c'est Marina, c'est ma petite sœur perdue, c'est Sophie revenue du naufrage, une petite camarade, une Justine de Sade rendue hautement morale par les avanies, les souffrances, mais aussi les années, plus sereines, qui la séparent de moi. Depuis que je l'ai retrouvée il y a une semaine, les trente-cinq années précédentes ont été dévaluées. La retrouver c'est comme d'avoir retrouvé la foi. Un sentiment que seule l'écriture m'inspirait encore. J'ai confiance en elle comme je n'ai plus fait confiance à personne depuis mes premières amours.

La lecture de mon livre et le compagnonnage qu'elle y a vu, la compréhension et l'estime qu'elle y a trouvées envers des créatures qu'elle avait inspirées nous ont évité tout travail d'approche. Il n'y a eu aucune séduction, aucun besoin d'écho. Entre nous la familiarité s'est imposée d'office. La lumière est revenue, celle que je décrivais après vingt-cinq ans, voici juste dix ans, et que je pensais à jamais éteinte :

> La lumière d'alors, telle qu'elle parvenait encore à Claude malgré toutes les portes que l'âge avait refermées, au fond du couloir du temps, au-delà de l'obscurité des mornes années qui avait suivi, cette lumière – celle du printemps bien sûr – la magnifiante lumière de l'ouest, quand le soleil va plonger au-delà du bois de Boulogne, des champs de courses, des collines de Saint-Cloud, jetant dans la chevelure verte du grand parc des rais plus brillants que les échelles de couleur, que dessinait sur les murs nus le soleil d'aujourd'hui filtré par les lames des persiennes – ; cette lumière était aussi celle de l'enfance, ou plutôt de cette extrême enfance où la communauté d'expérience, les confidences de lendemain de fête, les rires et les cris, mais aussi l'indifférenciation physique, les ressemblances troublantes, les amitiés gémellaires, rendent inimaginable ce qui est pourtant sur le point de se produire : la séparation du groupe en destins individuels, l'enfouissement de l'être social, mondain, communautaire, non égoïste, dans le tombeau solitaire de l'âge adulte.

Mardi 7 mai. – Lu hier le début du livre de Michel Crépu sur Charles du Bos. Trouvé ça :

C'est là un trait commun aux grands diaristes : ce sont des gens qui décident un jour d'approfondir, de garder la lampe allumée sur la myriade de quoi se compose une vie, leur vie. Façon de fixer le vertige en tâchant de le réintroduire à l'intérieur d'une chronologie dont on se croit le maître, de revenir sur le temps passé en niant ce pourquoi, précisément, on y revient : l'éternelle fugacité, signe de vie, signe de mort.

J'ai toujours redouté d'écrire mon journal par crainte de ne pas pouvoir l'arrêter, d'être enfermé jusqu'au bout dans un travail qui dévorerait tout le reste. C'est pourquoi j'ai voulu vendre celui que j'écris en ce moment à Flammarion en lui fixant une distance précise : deux cents pages. Après, j'arrête. C'est un journal éphémère, une sorte de performance comparable à ces artistes qui se font enfermer dans une boîte. Je voulais le terminer à Los Angeles et je n'imaginais pas que la vie allait se montrer si changeante pendant ces quelques mois. Tous mes travaux en souffrance : cet article pour *Vanity Fair*, le livre sur Sharon Tate, le livre sur Marayat Andriane et maintenant les scénarios d'Alléluia, attendent leur tour. Je vais peut-être m'attacher à finir « L'héritage immoral de Marcel Rouhen » (titre de travail de l'article) avant d'arriver au bout de ces pages. Depuis avant-hier, en quelques heures, j'ai bâti une structure de scénario d'après l'histoire de Vicki Morgan, un fait divers californien datant de 1983. Je l'ai réadapté dans la Belgique d'aujourd'hui, avec un passage sur la Côte d'Azur.

C'est l'histoire d'amour d'une fille entretenue et d'un gay, le gay finissant par assassiner la fille. Explication donnée à la police : « Vicki n'arrêtait pas de parler d'elle. C'était Vicki par-ci Vicki par-là. Je n'en pouvais plus, je l'ai assommée pour qu'elle se taise. » C'est un thème qui correspond assez bien au style d'Alléluia, je pense à son amitié de jeunesse avec X.

Par ailleurs, détail que je n'avais pas noté, je crois que c'était un vendredi d'il y a dix jours, une après-midi d'embrouille avec les Rouhen, j'ai envoyé un mot griffonné au crayon à Z., quatre-vingt-trois ans, l'ancien amant de Marayat Andriane, son « frère incestueux » comme elle l'appelait. Il m'a répondu aussitôt et téléphoné dans la foulée. L'homme a l'air si intelligent et précis que j'ai décidé d'aller lui rendre visite dans le Lubéron. Je partirai jeudi prochain dans la nuit, ou à l'aube du vendredi en voiture, peut-être avec Alléluia. Z. a l'air d'avoir beaucoup de choses à raconter, notamment sur la période romaine d'Emmanuelle : les partouzes chez Dado et Nancy Ruspoli. Je lui ai expliqué mes intentions : Emmanuelle d'*Emmanuelle* (le roman) à *Emmanuelle* (le film). Vie de Marayat Andriane de 1959 à 1975. Il m'a confirmé qu'il s'agissait de la période la plus intéressante et qu'il pouvait me donner nombre de pistes. Par hasard coup de téléphone hier d'Olivier Zahm. Il me demande si j'ai des choses qui pourraient l'intéresser pour son *Purple*. Je me souviens qu'il avait accroché sur Marayat. Je le vois cette après-midi pour lui en parler.

J'ai annoncé à Flower hier que j'avais une nouvelle girlfriend. Quand j'ai prononcé le prénom d'Alléluia, sans citer son nom de famille, Flower a ri et m'a demandé s'il s'agissait d'un travesti. Je l'ai détrompée, elle se souvenait d'avoir croisé

Alléluia au vernissage de Marie chez Vuitton. Bizarrement, elle me demande si Alléluia a un scooter, je réponds oui, un peu inquiet de cette question (on ne sait jamais avec Flower et ses hommes de main thaïlandais, je pense à l'aide-cuisinier qui avait poignardé des Blacks devant le resto, un soir où elle se faisait braquer). Aucune réaction apparente, elle me félicite et me confie qu'avec son ami italien (« *A real gypsy you know.* ») elle n'a pas cette chance. Elle part à New York jeudi, puis à Venise pour la Biennale. Plus tard, elle a essayé de me rappeler mais je ne l'ai pas prise.

À propos de travestis, de femmes et d'erreurs de jugement, j'ai oublié de noter cette anecdote. J'ai raconté plus haut dans ce journal qu'à un défilé de mode rue du Mail j'étais assis près d'un travesti roux qui me faisait du gringue. J'ai parlé de lui à Nelly le jour de ma conférence sur Aleister Crawley et celle-ci m'a affirmé avec autorité qu'il s'agit d'une vraie femme. Ça m'a été confirmé par Alléluia qui m'a raconté qu'elle s'était fait attacher par cette personne rousse il y a cinq ans, lors de vacances passées dans le Midi avec Catherine Baba. « Elle attache très bien », me dit Alléluia. Cette personne exerce la profession de maîtresse SM. Me voilà rassuré.

Jeudi 9 mai. – Lu ce matin quelques pages de *Télex n° 1* on y apprend toujours quelque chose. Il s'agit d'une nécrologie de Schiaparelli dans *France Soir* (p. 48, note 1) :

Elle mit la première les femmes en pantalon d'intérieur ou en pyjama du soir.

Ça me rappelle Jean Chalon à propos de Florence Gould (le pantalon de satin noir).

L'autre soir j'ai retrouvé, grâce au livre de Schuhl, le nom de l'école de filles qui se trouve à côté du collège Stanislas : Notre-Dame-de-Sion. J'ai gardé un grand souvenir des filles en bas bleus et uniforme. Les Bérénice, Ségolène et autres. Je ne suis jamais sorti avec aucune d'entre elles (trop timide à l'époque) mais j'avais des copains qui allaient les attendre à la sortie (rue Notre-Dame-des-Champs, non loin de la maison de Sainte-Beuve). On correspondait aussi par billets sous une grande porte métallique qui séparait nos deux cours. Je me souviens d'en avoir vu une, boulevard Raspail, qui était plus belle que les autres. Elle avait de longues jambes fines sous ses bas, de jolies chaussures bleues à barrettes et des cheveux ondulés auburn. Elle mesurait près d'1,70 m. Une vraie beauté, phénomène beaucoup plus rare à l'époque qu'aujourd'hui. La différence entre la moyenne et l'excellence était si grande que ce genre d'apparition laisse une trace durable quarante ans après.

J'en parlais avec Olivier Zahm l'autre après-midi (mardi) au Royal Opéra. Après quelques recherches sur Marayat Andriane, O.Z. jugeait qu'elle n'était pas si belle que ça. Je lui faisais remarquer que le casting va sans cesse en s'améliorant. Les beautés des années vingt ou même des années soixante seraient des boudins aujourd'hui ou, au mieux, de simples jolies filles, mais ne tiendraient plus leur rang de très jolies filles. À ce propos, Zahm m'a appris que Flower organisait le dîner *Purple* à la Biennale de Venise. Il avait d'ailleurs rendez-vous avec elle juste après moi. Je l'ai fait rire avec mon stock de verbatim de Flower : « *My pussy smells very bad* » ou : « *I am a very beautiful woman, but I am not sexy at all.* » Un sommet de narcissisme, mélange de brutalité thaï et d'humour pédé.

Mardi soir, petit dîner chez Marie Beltrami avec Paquita et un garçon dont le nom m'échappe. Il fait trop froid pour dîner dans le jardin. Alléluia qui a mis une curieuse robe verte se renverse de la sauce partout. J'ai l'impression d'avoir mon premier dîner dans ma belle-famille, je suis un peu intimidé, je n'ose pas toucher Alléluia ni même la regarder. À un moment j'entends du jardin des cris c'est Paquita qui fait glisser un truc le long de ses jambes. Alléluia crie : « Houla ! elle enlève un vieux slip. » Paquita lui répond : « Fais pas ta dégoûtée ! » De là où je suis, je ne vois pas ce que Paquita a ôté, peut-être un genre de tablier qui lui a servi pour réparer sa mobylette. Après dîner, on se drogue. Paquita, qui revient du festival de Hyères, m'a apporté un vieux numéro de *Frog* (portrait de Maud Molyneux) et le journal de Thadée Klossowski. Marie et elle échangent des souvenirs. À un moment Marie qui s'est assise par terre avec ses leggings panthère et ses mules en cygne rose me dit : « J'ai longtemps cru que j'étais bête. » Avant de partir, elle nous offre à chacun un tirage de ses nouvelles érotiques.

Mercredi 15 mai. – *Journal* de Léautaud. Il parle du *Journal* de Renard dont il lit le dernier tome en mai 1928. Je pense au journal de Thadée Klossowski dont j'ai lu les cinquante premières pages l'autre nuit dans le Lubéron. Léautaud se définit comme un mémorialiste, à la différence de Renard qui pratique beaucoup l'introspection :

> J'ai peut-être tort aussi de ne pas assez apprécier le côté d'étude, d'examen de soi-même, le côté subjectif extrêmement développé dans ce *Journal*. Je ne crois pas qu'il soit très développé dans le mien. Ce n'est certes pas par manque de vie intérieure ni de constantes observations sur moi-même. Je crois que le mot vrai, c'est que mon *Journal* à moi est plutôt une œuvre de mémorialiste qu'une autobiographie.

Ce n'est vrai qu'en partie. Comme tous les jugements que l'on porte sur soi-même après avoir lu le livre d'un autre.

La parution du *Journal* de Renard est un événement littéraire qui fortifie et ébranle Léautaud en même temps. À l'époque, il n'a même pas commencé à se relire (ou alors partiellement pour des articles comme celui sur Gourmont). Quelques lignes plus haut, à la date du même vendredi 18 mai (voici donc quatre-vingt-cinq ans) il se livrait à son mode personnel d'introspection :

> Convoqué par Garçon, chez lui, ce matin, pour mon affaire avec ma propriétaire. J'attends dans l'antichambre qu'il puisse me recevoir. Arrive un monsieur qui dit à la secrétaire : « Faites passer ma carte tout de suite. Je ne suis pas un client. Vous direz que c'est le parrain de Mademoiselle… (la fille de Garçon). » Quelques minutes après, Garçon sort de son cabinet, se trouve avec ce monsieur. Ils

se prennent dans les bras et s'embrassent. Voilà des effusions que je n'ai jamais eues.

Raconter ça n'aurait aucun intérêt sans la chute. Si ce n'est pas là une autobiographie morale, de quoi s'agit-il alors ?

Vie rêvée, le journal de Thadée Klossowski est intéressant. Je n'ai même rien lu de mieux depuis le *Journal inutile* de Morand.

En vrac :

p. 21, Georges Bataille mourant dans son bureau, rue Saint-Sulpice, regardant un porno en compagnie de Jacques Pimpaneau. J'ai tourné (circa 1986) un film (habillé) avec ce Jacques Pimpaneau, un curieux bonhomme déplumé. Il jouait un professeur de dessin, j'étais un des élèves ;

p. 25, une image : « Paris le matin, comme la gorge des pigeons » ;

p. 32, un passage qui me fait penser à Georges Bataille :

> Mardi 11 janvier.
> « Elle était blonde abondante et docile »
> Elle ne vient qu'au matin, dans la lumière jaune et l'odeur de sexe. Ennuyée que je ne dorme pas. Je l'innocente, je fais l'enfant pour qu'elle me dorlote. Oui, elle voudrait rester, mais le bel homme brun l'attend derrière la porte. Elle parlemente avec lui, j'entends qu'il la pine encore derrière la porte. Tout entre alors dans un petit livre que je suis en train de lire, un scénario de Vadim, un chalet à Megève. Mais l'odeur jaune persiste et me réveille.
> Noté aussitôt ce rêve pour ce qu'il me montre odieusement : la veulerie de l'enfantillage, et puis l'escamotage. Et l'hallucination olfactive ?

Ensuite l'indigestion (dîné chez Prunier, de bouillabaisse et trop de vin blanc) me tourmente et j'imagine Baba devenant folle pendant ce dîner – elle était vive et gourmande entre nous autres, tout à coup ça s'embrouille, elle ne reconnaît plus personne, elle saute en arrière, sa chaise tombe, elle crie, la voix très fausse, elle crie : « Qui sont ces gens ? », s'étrangle et dit : « Je suis perdue. »

Si on supprime la citation de Vadim et celle de Prunier, la musique est très proche de celle de G.B. Le « Qui sont ces gens ? » me renvoie encore une fois au film de Sam Peckinpah *Apportez-moi la tête d'Alfredo Garcia*. Film que m'avait fait découvrir mon ami F., incapable, comme Thadée Klossowski, de gagner sa vie, et qui s'est suicidé à Santiago du Chili avec un revolver à chat. Sa mère m'avait écrit :

Son manque de vulgarité l'a tué.

Le rêve est suivi en p. 33 d'une histoire à la Roberte :

Mercredi 12 janvier. – Mes deux amies sortaient de la bibliothèque Forney : une demi-douzaine de petits garçons tout à coup tout autour, des obscénités comiques, mais bientôt beaucoup de mains comme des rats dans les habits de Loulou, elle crie, Baba intervient, on s'enfuit avec son sac à main. Un passant dénonce le fils de l'épicier, passage Charlemagne, mais les enfants reviennent : « C'est Bébert Lévy qui a fait le coup », ils le ramènent et le forcent à rendre le sac et l'argent qu'il y a pris.
Le nom Bébert Lévy.
Celui, 8 ou 9 ans, qui disait : « Chuis ptit mais chuis chaud ! »

À voir la date de cet incident, Bébert Lévy est plus jeune que moi. Ce grand-père doit toujours sévir quelque part.

Autre beau passage p. 37, description d'une idée littéraire qui se fait et se défait autour d'un être réel (Andrée Putman) :

> *Ressembler à son image* : ces mots n'ont pas de sens, appellent un tourbillon de mots, qu'est-ce que c'est « ressembler » qu'est-ce que c'est « son image » ? – Voilà, j'ai vu ce soir notre amie moderne, cette grande dame, avec sa voix rauque et sa drôle de tête (Michel Guy m'a expliqué qu'elle était une enfant ravissante jusqu'à cette nuit de l'Occupation où, dans l'obscurité du couvre-feu, elle s'est atrocement cassé la figure), elle conduit, vite et bien, une Mini Cooper blanche et noire avec des vitres teintées, tout en nous parlant d'un bistrot de la Goutte d'Or où le billard électrique et la machine à disques sont des « appareils de toute beauté » : j'ai vu tout cela (sa coiffure, ses vêtements, sa voiture) qui faisait autour d'elle comme un halo d'apparition, et j'ai pensé : « Elle ressemble d'un coup à son image. » J'ai eu cette expérience, la sensation vive d'un puzzle qui se met en place, d'épaisseur traversée (d'impasse ?) et maintenant je me demande ce que ça veut dire.

Hier, j'étais étendu avec Alléluia dans un pré, à l'ombre d'un arbre au bord du Lot en plein Gévaudan. Devant nous, les pentes ensoleillées, printanières, d'où la Bête est peut-être sortie un jour, en plein midi, pour dévorer un enfant. Nous regardions de très rares nuages passer dans le ciel. À propos des nuages, j'ai parlé à Alléluia de ce moment de l'*Anthologie des apparitions* quand la petite Marina part pique-niquer avec son frère et des travestis. Elle croit qu'un serpent l'a mordue, pique une colère de droguée et rentre en stop. Alléluia s'écrie : « Oh oui je me souviens, ça, c'est très bien ! » Merveille, un personnage de roman se reconnaissant avec plaisir dans l'abîme du temps.

Vendredi 17 mai. – Hier soir, seul à la campagne, je regardais une vieille photographie d'Alléluia, prise en 1981 au Privilège (je reconnais les sièges). Alléluia a quinze ou seize ans, assise, elle se tourne vers l'objectif l'œil brouillé par l'alcool et la drogue. Plus intemporelle que les photos plus anciennes, celle-là incarne parfaitement ce que j'ai essayé de montrer dans mon *Anthologie*. La grâce parfaite et toujours menacée, celle des bergères de Parny et des petites filles de Pétrone, de Thomas de Quincey et de Marcel Schwob. À cette époque, Alléluia vivait seule à l'hôtel avec pour tout bien sa valise Samsonite. Elle avait touché à la Caisse des dépôts et consignations ses cachets d'enfant (Polanski, *Spermula*, et le film érotique tourné à onze ans en Italie). Contrairement à ce que je croyais il y a dix ans, cette grâce donnée aux adolescents qui ont la charge d'avoir un destin et non de faire carrière, ne meurt pas. Elle continue de luire, plus enfouie simplement, comme une ampoule d'église. Je la vois dans les yeux gris d'Alléluia, quand elle me demande de sa petite voix de nymphe (celle qui lui vient parfois) que je la serre dans mes bras. À ce point de vue, la dernière scène de *Lolita* reste impeccable.

Pressé par Paquita qui veut me poser des questions pour le magazine *Frog*, je continue le livre de Thadée Klossowski. Les passages dans le Midi avec François-Marie Banier. Une note me touche à propos de *L'île mystérieuse*, ce roman de Jules Verne que j'ai lu cent fois, comme mes vieux *Tintin*. Les soucis d'argent, l'impuissance littéraire, tout ça est très bien. Relu ensuite dans le *Journal* de Léautaud cette phrase tirée du *Journal* de Jules Renard :

> L'homme se dépeint par quelques mots qu'il laisse échapper. Dès qu'il fait une phrase entière, il ment.

Léautaud compare ça à bon escient avec Chamfort. Je trouve ensuite dans le *Journal* de Renard une scène de style romantique avec Schwob :

> En sortant, Schwob me dit : « Vous voyez cette femme qui me quitte ? C'est mon passé qui revient et que je vais reprendre. Cette femme-là m'a fait faire tout ce qui mène en correctionnelle et en cour d'assises. Elle m'a, en outre, rendu ridicule, et moi, le Schwob que vous connaissez, j'ai été un monsieur montant à cheval, jouant aux courses, vêtu à la dernière mode. Je la méprise. Elle est bête. Elle revient à moi parce qu'elle me croit de l'argent. Elle est orgueilleuse. Elle me considère comme un journaliste, et les journalistes comme rien, et cependant je vais la reprendre. Je vais peut-être faire souffrir pour cette grue que je n'aime pas, une autre petite femme que j'aime, qui est simple, bonne, et se contente du peu que je lui donne. Ce n'est pas sa chair qui m'attire. Qu'est-ce que c'est ? Je vais redevenir ce que j'ai été : quelque chose de pas propre. »

Ce Schwob-là a vingt-quatre ans. Quant à Renard, il en a vingt-cinq. Comme on est vieux quand on a vingt-cinq ans !

À cinquante-trois, on a beaucoup rajeuni. Tout ça pour finir en enfance.

Hier j'ai pris Flower au téléphone alors que je laisse Caroline sans réponse. Flower est plus facile à vivre, elle a une forme de dandysme qui la rend très fréquentable en tant que femme abandonnée. Elle essaye de m'apitoyer et de me faire venir à Paris : « *I am so alone. I have no friend. Let's have a drink like two friends at Café de Flore.* » Je sais très bien qu'elle teste ce qu'il reste de son pouvoir et elle sait que je le sais. Son règne est fini, je reste de marbre. Elle revient de New York et de Venise, repart à Venise lundi. Elle a loué un palais pour la Biennale. Je la félicite pour le dîner *Purple*, elle ronronne de joie.

Avant-hier au dîner de David Rochline, petite table de pique-nique dans la galerie, Schuhl ne pouvant descendre les escaliers. Il y a Jean-Jacques, Ingrid, Vincent Darré, Pierre Le-Tan, Paquita et Alléluia. Marie Beltrami, qui porte un entonnoir sur la tête, est installée à une autre table. Schuhl me raconte ce que lui a dit le docteur X. (l'ex-médecin de Michael Jackson qui m'a envoyé à l'hôpital américain lors de mon infarctus). Brisemiche l'a appelé pour l'interroger sur ma maladie, X. s'est retranché derrière le secret médical. Ces Rouhen sont des gens vraiment bizarres. Peut-être veulent-ils m'empoisonner ou m'envoyer un diable dans une boîte pour provoquer un accident cardiaque ? Je soupçonne encore la petite patte de Golconde, quelle garce ! J'avais toujours supputé (le mot s'impose) qu'il y avait un troisième homme dans son lit en plus de moi et de son pauvre mari. Celui qui payait les robes, c'est peut-être ce cochon de Brisemiche ? Golconde m'a si souvent répété qu'il la dégoûtait que l'hypothèse est plausible. Ils finiront tous en enfer piqués à coups de tridents.

Dans le journal de Thadée Klossowski, sous des apparences discrètes, le *name dropping* est volontiers flamboyant : attablé à la terrasse du Rostand il se souvient d'être allé voir *La Planète des singes* avec Kenneth Anger en plein mai 1968. Puis il repense à un voyage en Italie à Rapallo en 1969 il a regardé à la télévision le cosmonaute Armstrong marcher sur la lune en compagnie d'Ezra Pound gâteux. Qui dit mieux ?

Vendredi dernier, je roulais avec Alléluia en direction du Lubéron pour rencontrer Z., l'ami d'Emmanuelle Arsan. Nous avons passé deux jours avec lui. C'est un homme de quatre-vingt-trois ans, élégant (il porte bien les espadrilles), précis, certainement très pervers. J'ai cru comprendre qu'il avait travaillé pour les renseignements. Il parle plein de langues bizarres (le finnois, le chinois, le siamois, le turc, etc.). Il nous a montrés dès le premier dîner des photos obscènes. Crise de fou rire quand il a essayé de nous attirer à l'étage au prétexte de nous faire renifler des iris cueillis dans son jardin. Dès le départ, Alléluia m'avait prévenu (très sérieuse comme toujours) : « Moi je partouze pas avec le vieux. » Il expose d'intéressantes théories sur la fermeture des fumeries d'opium de Bangkok, qui a entraîné la naissance du marché de l'héroïne et de la prostitution (les masseuses pour intoxiqués employées par les fumeries s'étant retrouvées à la rue). Z. parle très bien de Marayat Andriane et de son curieux mari, Louis-Jacques Rollet-Andriane, ancien résistant travesti comme le chevalier d'Éon, reconverti en agent français au sein de l'Otase, la branche sud-asiatique de l'Otan. Lorsqu'il parle du couple, en témoin et en ami, je pense par moments à la scène liminaire d'*Under the Volcano*. J'ai enregistré plusieurs heures de conversations souvent passionnantes.

Pendant les récréations, Alléluia me fait rire avec son vocabulaire de charretier. On dirait Manouche. C'est la seule femme que je n'aie jamais connue qui dise à quatre pattes sur le lit : « Putain, où est mon slip ? » L'autre jour, dans la voiture, une jolie expression pour signifier qu'elle a couché avec un garçon sans amour : « J'ai fait la toile à matelas. » Ses chaussures Louboutin (elle en possède des dizaines de paires entassées en vrac) deviennent dans sa jolie bouche des « mes tatanes » ou « *los tatanès* ». Quand elle parle comme ça, je lui dis : « Chut, c'est la DDASS qui remonte. »

Avec ça une sensibilité de Stradivarius, capable de pointer immédiatement la beauté du discours de Sophie (douze ans) retrouvant Paul (douze ans) dans *Les Vacances* de la comtesse de Ségur :

> PAUL : Comment, Sophie, tu m'avais oublié ?
> SOPHIE : Oublié, non, mais tu dormais dans mon cœur et je n'osais pas te réveiller. Je t'avais cru mort, et puis j'ai été si malheureuse que je suis devenue égoïste et je n'ai pensé qu'à moi ; j'ai perdu l'habitude de penser au passé et à ceux qui m'avaient aimée.

Samedi 18 mai. – *Revue des Études Latines*, 1964 : article de Paul Veyne sur le « je » dans le *Satyricon*. Il est probable que j'ai lu ça en 1984 à l'époque où je préparais ma maîtrise de lettres sur les pronoms démonstratifs dans la « *Cena Trimalchionis* ». En ouvrant au hasard, je tombe sur cette remarque :

> Bon goût mondain et bon goût littéraire sont indiscernables ici ; il est curieux de voir comment un trait du tempérament de Pétrone se trouve réfracté jusque dans la construction dramatique de la *Cena* et a entraîné une technique romanesque originale.

Veyne vise la légèreté de trait de Pétrone qui évite à la fois la satire et l'indignation. Un monde décadent vu par un dévoyé, le « Je » subtil du bel Encolpe (Martin Potter dans le film de Fellini). Le jeune homme a du goût mais il se laisse tenter (et non séduire) par le luxe vulgaire de l'affranchi Trimalcion. C'est l'œil du parasite, l'expertise du gigolo, l'attention critique du fainéant, une chronique de mœurs raconté par quelqu'un de moral, de trouble, d'avisé et de corruptible. Plus fin que du Jean Lorrain, comme la peinture romaine est plus troublante et limpide que Delacroix ou même Balthus.

Il s'agit de mon principal modèle littéraire. Autour de ce *Je* (la toute première version du premier chapitre d'*Anthologie* était écrite à la première personne) inspiré de celui d'Encolpe et de certains caractères du XVIIIe siècle, Faublas ou Des Grieux j'ai voulu écrire la chronique des mœurs que j'avais connues et que les suiveurs avaient affadies ou dénaturées. À cette époque où je suis aujourd'hui replongé, premier état de ma formation définitive (entre 1976 et 1984), tous les ingrédients étaient là. La vie nocturne, la prostitution occasionnelle, les travestis, la drogue (l'héroïne à petite dose), les librairies (dont certaines continuent à m'alimenter), la littérature décadente, l'antiquité, et plus précisément le réalisme cruel des écrivains romains (Suétone avant Pétrone puis Tacite, puis ma grande passion d'alors : le *Catilina* de Salluste que j'ai presque entièrement lu dans le texte en latin, l'été 1981 à Arles), et bien sûr les petites filles perdues (Ann, Pannychis, la belle captive d'André Chénier, les fillettes de Sade, la victime de Balthus).

Au fond je n'ai pas changé, j'ai accompli mon rêve, ou plutôt je l'ai cristallisé, voilà tout. Alléluia est la récompense de ce lent travail. Je l'ai approchée alors qu'elle avait treize ans, certainement convoitée, plus à l'époque comme un bel objet de scandale que comme une femme. Plus tard, isolé, plongé dans les Latins, mais en souvenir des jours déjà anciens, j'écrivais à vingt-deux ans des poèmes courts :

> Perdis-tu ton Giton, Pannychis ?
> Ton Giton couleur de pain d'épice.

J'ai laissé s'endormir ces imaginations en me constituant par couches et concrétions comme un bénitier. Les années de formation ont duré près de vingt ans. Puis vers la fin des années quatre-vingt-dix, la lecture de *Moi, Christiane F., 13 ans, droguée, prostituée*..., livre que je n'aurais pas acheté par snobisme intellectuel étant plus jeune, pioché pour un franc aux Emmaüs de La Grande Paroisse. Découverte de l'inoubliable cahier photo de ce livre où dormait l'amie de Christiane F., la fée absolue, Élisabeth dite Babsi, fille d'un chef d'orchestre célèbre, reine du baby tapin, morte à quatorze ans d'overdose à Berlin en 1977. Le double maudit d'Alléluia.

Jouèrent aussi leur part : une rediffusion de *Taxi Driver* à la télévision (Jodie Foster en short et lunettes fumées), la relecture du livre de Nabokov puis la VHS empruntée à je ne sais qui de *Lolita*, une passion courte et intense pour Traci Lords, un fait divers (une fillette toxicomane délaissée par son père vivant dans le luxueux immeuble Riviera, château 1950 planté à l'ouest de Central Park, et qui par folie pure avait tué un clochard), des photos de mode anglaises vues dans les journaux de Didine, *i-D* ou *Vogue Italia*.

Psychologiquement, j'avais évolué jusqu'au point de laisser petit à petit s'exprimer sous une forme plus raffinée les imaginations d'autrefois. La fréquentation de gens légers et précis, le détachement à l'égard des prétentions intellectuelles (mieux valait lire *Détective* que les conneries à la mode à l'époque de Mitterrand), la cocaïne, le goût du *white trash* épanoui au contact de la presse, la maturité sexuelle, je ne sais quelle envie d'adolescence, de drogues et de paillettes né dans les backstages de défilés de mode, les conversations très intimes, pleines de rire et d'attouchements avec H., ma jolie petite modèle marocaine, autant de sollicitations progressives, d'éveils à la réalité de l'idéal oublié.

Il fallait encore autre chose, un précipité, un accident, pour qu'une créature démonique, golem ou fée, naisse dans mon laboratoire (la belle maison de Seine-et-Marne que j'allais bientôt perdre à cause de mes expériences).

L'*Anthologie* est née à proprement dire au tout début des années 2000, d'un choc moral. J'avais pris, contre l'avis de Didine, la rédaction en chef de *Cosmopolitan*. « Tu vas chez les morues », m'avait-elle prévenu. Enfin à découvert (je m'étais abrité pendant des années dans des postes subalternes), j'ai commencé à perdre pied, tout en gagnant une assurance venue de mon train de vie, d'une position sociale enfin claire, de la fuite en avant et de la drogue. Durant les neuf mois où j'ai dirigé ce journal féminin franco-américain appartenant pour moitié au groupe Hearst (avec pour objectif avoué de guider la lectrice vers un modèle à la *Starship Troopers*, dents blanches et cœur de fer) j'ai connu quelques heures heureuses à Majorque en août 2002, retrouvant le parfum des étés de Saint-Tropez (1975-1976) alors que s'éveillait par téléphone l'étrange passion pour Caroline qui allait durer dix ans et me faire abandonner la peinture. L'amour éveilla les souvenirs endormis.

Le couple Giton-Pannychis (mariage pervers entre la fillette d'une patronne de bordel et un jeune bardache), scénette qui orne le début du roman de Pétrone, mêlé à des notes prises en hiver 1978 à propos de l'histoire d'un frère et d'une sœur incestueux, l'envie d'écrire sur la bande d'autrefois, ou plutôt, à partir de mes souvenirs mêlés au matériel accumulé entre-temps, et voilà qu'en une soirée de solitude à la campagne sortit, tout armé, le premier chapitre. J'ai tout de suite estimé la force vitale de l'objet. Sous le frêle tissu (quelques pages) battait un autre sang que tout ce que j'avais pu chercher à faire jaillir, dix ans durant, dans la peinture. Ça vivait au point de me sauter au visage et de me faire peur. J'ai su à ce moment que toute ma vie allait s'en trouver bouleversée.

Dimanche 19 mai. – J'ai écrit ce qui précède à la lumière de l'insomnie, descendu vers trois heures et demie dans la salle du rez-de-chaussée, de peur d'éveiller Alléluia à l'étage. Alléluia, dont le sommeil fragile et plein d'angoisse ne supporte ni la pénombre, ni la lumière d'une lampe de chevet. Un peu fâchée de ce qu'elle a pris pour des reproches (mon insomnie), elle descend ce matin prendre son café, cachée derrière les lunettes fumées de Jodie Foster. Intéressante conversation (inattendue) sur Vivienne Westwood, Guerrisol, H&M (ses lunettes fumées à cinq euros).

Elle a sa voix mondaine, basse et posée et tient sa cuillère entre trois doigts, de manière très élégante. Pas question de la faire sourire.

Lundi 20 mai (Pentecôte). – Curieux à quel point le cinéma influence la réalité. Hier, dimanche de Pentecôte, sous la pluie, promenade en auto dans le Tardenois. Oulchy-le-Château, les jolies ruines d'Armentières-sur-Ourq puis *Les Fantômes* de Landowski. Granit rose à la Arno Breker dressé sous la pluie au milieu d'un vaste paysage. Comme souvent Alléluia monologue en boucle sur ses soucis de metteur en scène de cinéma, avec sa diction monotone et scandée. Ça doit lui venir du théâtre, en surimpression sur un processus obsessionnel. Une folie douce qui peut s'interrompre très gentiment à tout moment si je lui caresse les cheveux ou si je l'embrasse.

Ensuite, parce qu'il lui faut absolument des cigarettes (elle a l'habitude de fumer le soir au lit et parfois toute une partie de la nuit), nous allons à Soissons, toujours sous une pluie battante. Façades mouillées, rues vides. En attendant Alléluia devant un tabac, je regarde un balcon sur une façade moderne, une scène indéchiffrable au premier abord : un jeune homme assez mignon de type arabe, et un type aux cheveux blancs vêtu d'une chemise en nylon blanc, poignets retroussés. Avant de découvrir qu'il s'agit d'un père et de son beau-fils sortis fumer sur le balcon, sans doute pour éviter le contact d'enfants ou d'une femme enceinte, je pense aux quelques minutes de vidéo vues hier soir, *La Vierge des tueurs* de Barbet Schroeder. Un balcon moderne à Bogota : le vieux pédé embrasse le petit dealer colombien, un acteur amateur assassiné par ses copains avant la fin du tournage.

Pendant cette promenade, Alléluia me propose d'abandonner la location de mon appartement et de m'installer chez elle à Paris. Sans la moindre hésitation, j'accepte ce que je n'aurais jamais cédé à personne durant ces sept dernières années.

À propos de Barbet Schroeder, Pierre au téléphone me parle du cousin de Bulle Ogier, cette espèce d'escroc fantaisiste qui a fini jardinier-homme de peine de Charles Bukowski en Californie. Il faudra que je redemande à Jean-Jacques de me raconter l'histoire complète. J'aime écouter plusieurs fois les mêmes histoires.

Hier, en regardant *Chromosome 3*, Alléluia se souvenait de sa petite enfance (1970-1971) à San Diego chez sa grand-mère, dans une maison protégée par des chiens énormes. En voyant la petite fille blonde en combinaison de ski rouge munie d'une sorte de vanity-case, elle s'exclame : « Oh, j'ai eu la même. » Me revient l'histoire qu'elle m'a racontée un jour en voiture dans le Lubéron. À l'âge de quatre ou cinq ans, sa mère et son compagnon l'ont emmenée dans une fête foraine à San Diego. Ils lui ont acheté une couronne et un sceptre, puis voulant se débarrasser d'elle, ils ont arrêté un taxi et lui ont confié l'enfant. La fête était très loin de chez sa grand-mère, Alléluia se souvient d'avoir traversé toute la ville, terrorisée, dans la voiture jaune de cet inconnu avec son sceptre et sa couronne. Après ce voyage en taxi, elle ne revit pas sa mère pendant plusieurs mois. Une éducation de reine.

Mardi 21 mai. – Court passage d'Alléluia au petit-déjeuner toujours avec ses lunettes fumées, mini-conversation sur le botox (elle déteste que ses sourcils bougent). C'est vrai qu'elle les remue parfois d'une manière bizarre, comme quand elle me regardait fixement, avant que nous rentrions pour la première fois ensemble. Je n'oublierai pas ce regard appuyé, presque pathologique et ses petits sourcils qui dessinaient des accents circonflexes. Ce matin d'anniversaire (elle est officiellement née le 21 mai 1966), hiératique derrière ses lunettes H&M, elle boit son café puis remonte « bouquiner ». Le synopsis des *Petites Filles modèles* est presque fini.

Plus tôt dans la matinée, vers six heures, conversation au lit sur Maurras. Elle a parfois des connaissances surprenantes. Quand je le lui fais remarquer, elle s'énerve : « Tu me prends pour une idiote ? » Puis, nous avons lu côte à côte à la lumière des lampes dans la chambre en désordre. Depuis combien d'années n'ai-je pas lu dans un lit côte à côte avec une femme ? Avec Golconde peut-être une fois ou deux, mais sinon ça remonte à loin. Je continue le journal de Thadée Klossowski. Il cite un bon verbatim de Nico (à Rome, à l'Excelsior en 1972) : « Qu'est-ce qui se marie bien avec le Mandrax ? Le vin gris ? »

L'autre jour, dans la cuisine, en faisant la vaisselle, je me suis souvenu (pour la centième fois) d'une réplique de Nico lancée à Edwige en ma présence, alors que nous étions dans la cabine des Bains Douches (sans doute en janvier 1980) : « Edwige, elle est moche ta couleur, tu ressembles à Mme Pompidou. » Après une période châtain naturel Edwige venait de se faire reteindre en blond clair, une sorte de version colorisée du blanc peroxydé de la grande époque. Je me souviens que je l'aimais moins avec ces cheveux-là. C'est cette coiffure qu'elle arbore sur la couverture de son disque.

Élégante formule d'Alléluia après que Vincent Darré m'a téléphoné pour me proposer d'écrire sur Cocteau dans l'*Officiel* : « J'ai pas envie qu'on me fasse prouter… »

Hier, pendant le déjeuner, puis lorsque nous marchions dans la forêt, SMS en rafales de Flower : « *Super urgent ! Karim or JC number please* » lun. 12:23 ; « *I will burn your house* » lun. 12:23 ; « *If you don't give me* » lun. 12:23 ; « *Blackmail* » lun 12:23.

Je lui envoie le numéro de Karima Dealer.

Nouvelle rafale :

« *You are afraid* » lun. 13:21 ; « *You are afraid for your books* » lun. 13:29.

Je réponds : « *Yes, a lot.* » Ensuite elle a continué quelque temps ce ton de plaisanterie menaçante. Puis enfin un dernier SMS avant de s'envoler pour Venise : « *Simon, I feel very lost.* »

Jeudi 23 mai. – Christian Louboutin a donné ce matin à Alléluia tout un assortiment de chaussures incroyables, des modèles de défilé ou de photos. Je lui demande de m'en montrer d'autres. Il y en a des dizaines, des centaines peut-être qui traînent un peu partout, sous les lits, dans la poussière, ou emmêlées comme des araignées dans de grandes boîtes. Certaines, les plus hautes, n'ont jamais été portées. D'autres ont les talons tout culottés. Tout ça dans le plus grand désordre.

Vendredi 24 mai. – Hier soir, nous avons fait un dîner chez Marie Beltrami. Étaient présents Marie, Paquita, Alléluia, David Rochline, Daniel Hourdé, Raphaël, Pierre et Thadée Klossowski. Thadée est arrivé le premier, nous avons pu parler près du feu. Auparavant, belle fin d'après-midi. Je suis allé sous la pluie chercher du bois avec Marie à la station-service des Invalides. Marie, toute petite près de moi avec ses cheveux roses et de curieux collants ajourés qui révèlent le haut de ses cuisses. En parlant de ses collants (Chantal Thomass) elle me dit : « Tu vas voir, ça marche à donf sur les mecs. » L'ancienne strip-teaseuse, la seule qui savait enlever sa culotte par le bas (et non la déclipser) est restée très alerte. Nous parlons de Deià et de Virginie Thévenet. Boulevard des Invalides, une trentaine de reporters attendent la présidente du FMI, Christine Lagarde. Leur tête, lorsque cette petite dame aux cheveux roses et aux jambes de poupée de Molinier leur demande ce qu'ils font là. Au retour, je porte un gros paquet de bûches en jouant à l'âne Bouri. Marie glane le petit bois sur le trottoir du boulevard. Alléluia nous attend, fumant cigarettes sur cigarettes, allongée sur le canapé panthère de l'entrée. Elle essaye de lire le journal, mais elle ne voit plus rien, vivant dans un perpétuel crépuscule. J'ai peur qu'elle devienne aveugle.

Samedi 25 mai. – Caroline m'a envoyé une lettre d'adieu.

Dimanche 26 mai. – Au petit-déjeuner, alors que je m'émerveille de la juvénilité de son visage lorsqu'elle porte ses lunettes fumées à la Jodie Foster, Alléluia me confie l'envie qu'elle a de faire un lifting du haut du visage. Cette opération, plus une correction de l'ovale et une réduction mammaire devraient lui permettre selon elle « d'être tranquille pour quelques années ».

Il existe un lien secret entre la littérature et la vie. La littérature invoquant la vie, au sens magique ou divinatoire. Quand j'ai décidé d'écrire un journal de quelques mois à la suite de l'article commandé par le supplément de *Libération*, quel hasard ou quelle intuition m'ont fait choisir ce moment-là ? Comment aurais-je pu prévoir l'importance qu'il allait prendre ? J'imaginais un printemps qui ne serait guère différent de celui de l'année dernière. Un voyage en Californie, la poursuite de cette fuite en avant commencée après *Jayne Mansfield*. J'aurais continué de mener de front mes deux liaisons presque éteintes. Flower et Caroline. Je ne croyais pas pouvoir me passer d'elles. Or tout ça s'est effondré en quelques jours. L'empire des habitudes est aussi fragile que les autres empires. On le croit éternel, mais non.

Quand je repense au regard d'Alléluia, le soir de la première nuit, je dirais même qu'il s'effondre en quelques minutes. Ma plus grande qualité est ma bonne disposition à l'égard du destin. Qui m'appelle, me prend, c'est l'affaire d'un instant. Je sais aujourd'hui que je peux tout abandonner pour un être, même (un moment) la littérature. C'est la plus grande liberté, celle de Juliette :

> Qui m'appelle ? Me voici
> Quelle est votre volonté ?

Hier, alors que je faisais la cuisine, Alléluia m'a raconté, de façon incidente comme toujours, qu'elle avait essayé de se suicider en se mettant la tête dans une cuisinière à gaz. Ça a eu lieu il y a quelques années, à Pantin. Je lui ai dit en riant : « Ne dis jamais ça à la Chahbanou, il va tomber amoureux de toi ! » En même temps je revoyais mentalement les images d'Helmut Berger dans *Violence et Passion*. Alléluia porte la violence en elle.

Après qu'elle s'est appliquée à se « corriger », selon ses termes, la violence ne s'exerce plus librement en créant des désordres comme à l'époque d'*Anthologie* ; domptée, mais toujours sous-existante, cette violence, souvent exercée contre elle, participe de sa grâce. À mes yeux, car je crois qu'elle fait peur à d'autres.

Très belle fin d'après-midi sous un soleil d'éclaircie, nous allons à Soissons au cinéma Le Clovis voir *Only God Forgives*, un navet australien prétentieux mais bien éclairé par l'opérateur de Kubrick. L'action se passe à Bangkok. Les rues, les petites cambuses, bien que toutes étrangement vides, réveillent des souvenirs. Notre dernière soirée avec Flower le 22 août. Ivre de rage et de saké-bière, bourré de cocaïne, je l'avais plantée dans notre chambre du Sukothai pour rejoindre ses copains (Mann, une tapette du *Vogue Thaïlande* et Brian, son fiancé australien, un moustachu très sympathique en short et Stetson). Je les connaissais à peine mais j'avais arraché leur numéro de téléphone à Flower. « *I just want to have fun* », avais-je hurlé à Flower, moitié furieuse, moitié amusée par mon côté kamikaze de la fête. Je les avais rejoints dans un bar à tapas du quartier chaud tenu par une vieille pute. Il y avait des filles assez jolies, des travestis. Il était cinq heures, mon avion partait à huit heures mais je ne voulais plus revenir en France. J'ai failli rentrer avec une jolie fille mais les deux tapettes m'ont ramené de force au Sukothai. Incapable de retrouver ma chambre, je me suis couché dans un couloir, la sécurité m'a raccompagné dans notre nid conjugal. Flower dormait, je l'ai réveillée, on s'est battus et je suis parti pour l'aéroport de plus en plus ivre de coke et de rage avec une bouteille de Johnnie Walker black dans la poche. Un flic corrompu par le père de Flower m'attendait pour accélérer les démarches. Avant de passer les contrôles, je lui ai fourré dans la main une liasse de billets et ma bouteille à demi vide. Dans l'avion j'ai regardé deux fois l'adaptation cinématographique du *Muppet Show* ainsi qu'un fim sur la secte Amish. Au retour (elle avait un avion du soir), Flower avait décidé de me quitter, comme elle me l'a confié plus tard, durant la nuit de Noël, après m'avoir avoué sa liaison avec Christian Liaigre.

Les toilettes de la salle 6 du Clovis sont ouvertes sur la cathédrale. Le film m'ennuie tellement que je reste un moment à regarder les oiseaux tourner au soleil, tout en téléphonant en vain, à l'instigation d'Alléluia, à Karima Dealer. Le soir, après avoir joué pour rire la première scène d'*Ubu roi* en buvant du vin rouge, nous regardons la VHS usée, rougeoyante, de *Showgirls*. Un chef-d'œuvre.

Avant de me coucher, je dis à Alléluia que je ferais un bon Père Ubu. Très grave soudain, elle m'enjoint d'arrêter l'article sur les Rouhen, qui ne peut m'apporter que des ennuis. Je décide d'écouter son avis. Après tout je n'ai aucune antipathie pour ces gens.

Lundi 27 mai – Alléluia a ses règles depuis hier, selon ses propres termes elle « pue comme un chacal » (ou comme une sirène selon saint Jérôme). Hormis le cinéma, ces saignements sont devenus l'essentiel de sa conversation.

La solitude se réduit parfois à un regret. Ce matin (après quel rêve ?) je me suis réveillé plein de nostalgie pour ma vie d'ermite. J'avais oublié ce sentiment depuis Didine. Cette méchanceté égoïste se réveille chez moi lorsque je soupçonne qu'un être force ma compagnie. Je ne le connaissais plus que sous sa forme primaire : le désir de voir tout le monde partir de chez moi, par exemple lorsque Flower ou Golconde dormaient ici avec leur enfant. J'avais oublié sa forme secondaire, plus subtile, qui s'exerce, en secret, contre un être dont je sais qu'il ne partira pas. Il s'agit d'une solitude négociable. Quelques heures ou parfois même quelques minutes (aux cabinets à lire la *Revue des études latines*) suffisent à décharger la violence que je sens monter en moi. À l'époque de Didine, je n'avais pas vraiment fait l'expérience de la solitude et de la descente au tombeau de l'égoïsme. J'avais encore peur d'être abandonné, sentiment tout à fait mort chez moi depuis. Mon hostilité se mâtinait de veulerie. Aujourd'hui, c'est délibérément que je décide de contrôler cette violence d'animal dérangé. L'autre pue, l'autre dérange mais il brise une certaine facilité d'être seul qui m'aurait desséché. Je l'avais senti avec Flower lorsqu'elle a vécu ici les deux premiers mois de l'hiver 2012. Et c'est pour ça que j'ai tant regretté cette période, et c'est aussi la raison pour laquelle aujourd'hui, plein d'hostilité et d'amour pour Alléluia, je ne regrette pas Flower mais je lui garde ma reconnaissance. En cosaque, ma chère folle thaïlandaise a fait ce qu'elle pouvait, elle a ouvert la voie, elle m'a montré que je souhaitais revivre avec une femme. Alléluia, la punk, a fait un pas supplémentaire, elle s'est introduite dans ma vie intellectuelle, forçant certaines portes au risque de voir le mécanisme de la solitude se refermer d'autant plus violemment. Là où Caroline jouait son rôle de femme à l'ancienne (le seul que son éducation lui permettait), Alléluia joue son rôle de Mère Ubu. Un pas de plus dans la restauration de l'autre et peut-être dans le sauvetage de ma sensibilité.

Je fais vœu ici de l'aimer exclusivement, de lui être fidèle aussi longtemps que nous serons ensemble, de l'épouser et de tenir le flambeau. Ça se terminera dans le sang ou dans la joie.

MIXTE
Papier
FSC FSC® C003309

L'éditeur de cet ouvrage s'engage dans une démarche de certification FSC® qui contribue à la préservation des forêts pour les générations futures.

Pour en savoir plus :
www.editis.com/engagement-rse/

Achevé d'imprimer en octobre 2021
par Normandie Roto Impression s.a.s.
61250 Lonrai (Orne)
Dépôt légal : novembre 2021
N° d'édition : 63286/01 – N° d'impression : 2105358

Imprimé en France